I0750430

CARLO CALLEGARI

SANT'ANTONIO PULP

SANT'ANTONIO PULP

Carlo Callegari

ISBN 978-1-953546-66-1

2021 - 1a Edizione Cartacea

2013 - 1a Edizione Digitale

LA CASE Books

PO BOX 931416, Los Angeles, CA, 90093

info@lacasebooks.com | | www.lacasebooks.com

INDICE

NOTA DELL'AUTORE

Il Nordest, fino a qualche anno fa, veniva considerato un novello Eldorado: terra di pionieri e di conquistadores, gente che si è arricchita dal nulla e che ha sopperito alla mancanza di istruzione con giornate lavorative di diciotto ore e un po' di spregiudicatezza in ambito fiscale. "Ma c'è anche molta gente onesta e bravi lavoratori", potreste obiettare voi. E avete ragione, vi rispondo io. Questa terra è sicuramente piena di persone che si spezzano la schiena per dare una vita onesta alla loro famiglia. Non vogliatemene a male, ma io non sono qui per parlare di loro.

Preferisco raccontarvi invece, di persone come il vecchio Mosè Mosole e del suo fido dipendente Romeo Lazzarato. Loro sì che sono due personaggi interessanti e con molte storie da raccontare, quindi bando alle ciance. Siete pronti? Allora benvenuti nel mio Nordest e in quello di Romeo fra le nebbie della Romea...

Carlo Callegari

ROMEO FRA LE NEBBIE DELLA ROMEA

"È suo il camion?"

Ogni giorno. Ogni santo giorno per cinque giorni a settimana. Partenza da Agna alle ore 21.00 e arrivo a Taglio di Po' alle ore 22.30, nebbia permettendo. Si scarica, si firma il documento di trasporto e si riparte. Arrivo previsto di nuovo a Agna verso le due, sempre nebbia permettendo.

La Monselice Mare è una strada che fa schifo. Una striscia di asfalto nero dritta come un righello che corre squarcia la bassa Padovana. Brutta e monotona come una suocera e, come non bastasse, più pericolosa di una suocera. Terminati finalmente quei trenta chilometri si entra in Romea, un'altra strada della morte. Decine e decine di vittime ogni anno. Anche questa dritta, monotona e terribilmente squallida. Non si contano i ristoranti per camionisti e quelli di pesce sparsi ai suoi lati, grandi come astronavi e mai ristrutturati dagli anni sessanta. Strutture decadenti da quattrocento posti a sedere e che ora vengono sfruttate, quando va bene, per un triste e sconsolante dieci per cento. Ci sono poi i campi di radicchio, tanti campi di radicchio, contornati dalle caratteristiche baracche in lamiera ondulata e arrugginita o, peggio, costruite con un Eternit ormai quasi del tutto sbriciolato. Con un po' di fortuna su queste ridenti baracche si possono vedere appiccicati pezzi di manifesti ormai sbiaditi, con in grande la facciona sorridente di Moira Orfei nell'anno del Signore 1987. Un tragitto che mette allegria come la sifilide, se ci si aggiunge la nebbia per almeno sei mesi all'anno e il fatto di percorrerlo solo e esclusivamente di notte. Questo, infatti, è il lavoro di Romeo Lazzarato. Quarantadue anni, una pancia da bevitore, capelli lunghi e ricci, occhi porcini e i primi capillari rotti ai lati del naso.

Guida ogni notte la sua autobotte carica di sostanze tossiche fino a Taglio di Po', dove si trova una ditta specializzata nello smaltimento di acque contaminate. Lavora per la "Freccia Padana", ditta a conduzione familiare di Solesino gestita da Mosè Mosole, cinquantacinquenne esponente di quel Nordest che si è fatto tutto da solo. A sentire il Mosole la scuola non serve letteralmente a un cazzo, è una totale perdita di tempo. Al massimo fino alla terza media, giusto perché bisogna saper fare due conti e non farsi inculare dai fornitori. Un valore personale trasmesso ovviamente a tutta la sua famiglia: due figli, una ragazza di ventiquattro anni e uno di ventuno. Lei gestisce l'amministrazione, il centralino, il ricevimento, gli ordini, le fatture, i rapporti con i fornitori, l'IVA, le pratiche varie e, se serve, fa pure le pulizie. Il maschio è in magazzino a occuparsi delle spedizioni di acque cariche di cianuri e altre porcherie. La moglie del Mosole, invece, dà una mano in amministrazione, tiene in ordine la villa in stile "Via col vento" che è dietro all'azienda e, segretamente, beve ettolitri di vino e di Sambuca per dimenticare la vita d'oro e di merda che il marito le fa condurre.

Mosè segue la parte commerciale. Tiene i rapporti con i clienti, con i quali tratta i prezzi a suon di bestemmie. Il suo ufficio è una coltre di fumo, con pile di carte accatastate tenute assieme da elastici ingialliti e un paio di consunti calendari di donne nude inchiodati dietro alla porta d'entrata. Appesa invece con orgoglio, nel muro dietro alla scrivania, campeggia una pagella di quinta elementare targata "secondo trimestre 1969". Un modo per ricordare a tutti che nella vita bastano la furbizia e la scaltrezza, altro che lo studio. A completare l'organigramma aziendale, infine, Romeo Lazzarato, unico dipendente e lavoratore full time, anche se assunto con un contratto part-time, giusto per risparmiare un po' sulle tasse e fregare Roma. Anche lui segue la filosofia del suo capo: terza media presa a stento, ma a differenza del suo datore di lavoro, il buon Dio non l'ha dotato ne di furbizia né tanto meno di scaltrezza. Segretamente innamorato di Suellen, la figlia di Mosè, il Lazzarato sogna di sposarla e di ereditare un giorno tutto l'impero della "Freccia Padana", sempre che nel frattempo non sia stato dilapidato da Denis, il brufoloso primogenito già innamorato della cocaina e habitué dei numerosi locali di lap dance della bassa padovana.

Questo è il microcosmo dei "Mosoles", l'unica vita che conosce il Lazzarato. Caricare il camion verso le otto della sera, sbrigare un paio di carte, partire, annaffiare, scaricare, tornare a casa. Ecco, annaffiare. Sì, perché questo è il secondo e più importante lavoro di Romeo. Un vero colpo di genio partorito dal suo capo e padrone qualche anno addietro. In pratica il suo lavoro consiste nel partire da Agna, fermarsi al primo spiazzo della Monselice Mare, scendere quindi dal camion e, con la scusa di pisciare, aprire un piccolo rubinetto sotto alla cisterna, una normale valvola di sfiato che si usa durante i lavaggi dell'interno; dopo di che risalire in cabina e ripartire. Durante i settanta chilometri che lo separano dalla sua destinazione semina per la strada qualcosa come 100 litri di acqua contaminata. Nessuno se ne accorge perché è notte ed in ogni caso il sottile filo d'acqua apparirebbe come un normale sfiato di condensa dell'aria condizionata.

Les jeux son fait., dato che questi cinquemila litri di scorie che spariscono ogni settimana fruttano al grande Mosè circa tremila euro puliti puliti. Il gioco è semplice: la "Freccia Padana" per smaltire 1.000 litri chiede ad ogni azienda un compenso "x". Incassati i soldi, spende solo per lo smaltimento di 900 litri. Gli ultimi 100 litri finiscono sulla strada e la differenza dei soldi serve al Mosole per l'acquisto dell'ultima versione di Audi A8 da esibire alla domenica mattina nel sagrato della chiesa. Un ingranaggio perfetto che frutta la bellezza di centocinquantaseimila euro all'anno. Esentasse, chiaro. A questa cifra va ovviamente aggiunto il normale guadagno dello smaltimento regolare dei rifiuti tossici. E queste, signori miei, non sono cose che si insegnano alla Bocconi di Milano. Questa è la scuola di vita di Mosè Mosole e della sua fottuta quinta elementare.

Ma come tutti sanno ogni ingranaggio, anche il migliore, a volte si può rompere e, quando succede, tutto si ferma. E qui entra in gioco il Lazzarato che è appena salito in camion e che si appresta, come ogni santa notte, a guidare fra le nebbie della Romea. È particolarmente stanco perché reduce da un giro di ramino e da svariati Fernet, bevuti fra i tavoli della saletta privè del Bar Centrale del suo paese.

A metà viaggio i suoi occhi porcini sono ridotti a una fessura invasa dalle lacrime. Qualche chilometro più avanti la testa comincia a ciondolargli come un lampadario di cristalli durante un terremoto. Decide di fermarsi al primo bar per bere un caffè doppio, magari accompagnato da un altro Fernet corroborante. Ne trova uno giusto due chilometri più avanti, un bar talmente di merda da riuscire a deprimere anche un neo vincitore di un sei milionario al superenalotto.

Romeo entra grattandosi distrattamente con una mano i capelli e con l'altra le palle. Un signore. Ordina al barista e un paio di minuti più tardi, mentre se ne sta tutto intento a degustare il suo amaro, ecco entrare dalla porta due poliziotti. Ordinano caffè anche loro. Romeo, consapevole di avere dentro al cesso che erroneamente chiama stomaco la bellezza di undici Fernet e solamente un paio di tramezzini tonno e cipolline, distoglie lo sguardo dai due e, per darsi un contegno, finge di mandare un messaggio con il telefonino. Consumato il caffè i due agenti salutano e prendono la porta ed escono. Il Lazzarato, con la fronte imperlata dal sudore, chiede del bagno e va a darsi una rinfrescata. Ne approfitta anche per espletare i suoi bisogni corporali, dopodiché se ne esce con aria soddisfatta.

«Ho mangiato solo due tramezzini e ho cagato come un toro: mah! In compenso mi sembra di aver pisciato un litro di Fernet, visto che era tutto marrone... Comunque adesso via dritti a Taglio di Po'. Cazzo, gli sbirri mi hanno fatto prendere un mezzo infarto: cosa gli avrei detto? "Sì, guido un camion che trasporta rifiuti tossici, agente. No, guardi, ho bevuto solo undici amari... ma... mi creda, sono sobrio come un giudice... io l'alcool lo reggo bene. Pensi che l'ho già pisciato tutto. Vede, questo dimostra che l'ho già smaltito, o che forse mi sono fottuto i reni, chi lo sa". Ma sì, chi se ne frega, tanto ormai se ne sono andati».

Assorto in questi profondi pensieri Romeo arriva al parcheggio ma, a pochi passi dal suo camion, si blocca come folgorato da una paralisi improvvisa. Uno dei due agenti sta illuminando con una torcia la pancia della sua cisterna. L'altro agente lo sta fissando. L'ingranaggio comincia a scricchiolare...

«È suo il camion?».

«Sì, cioè no, io lo guido e basta».

«Abbiamo visto che esce dell'acqua da sotto, lei ne sa nulla?».

Romeo rimane zitto per qualche secondo mentre fra se e se continua a darsi della stupida testa di cazzo.

«Sarà l'aria condizionata».

L'agente pare perplesso.

«A motore spento? A me sembra che sia proprio la cisterna che perde. Vede, arriva da questo tubo in plastica. Cosa trasporta?».

«Acqua minerale... scherzo, ovviamente. Acqua a cianuro».

L'agente cambia di colpo espressione.

«Lei mi vuole dire che l'acqua che esce e che la pozza qui sotto sono acque contaminate di cianuro?»

«Sì, beh... ma infondo non è molto. Ora chiudo il rubinetto e sistemo tutto».

Il poliziotto ora è visibilmente incazzato.

«Non è acqua minerale e nemmeno acqua e menta:

stiamo parlando di acqua e cianuro! Cazzo, si dia una mossa a chiudere quel rubinetto!».

Il Lazzarato passa di corsa a lato dell'agente lasciando una scia di alcool da far invidia a un alcolizzato. I due poliziotti si osservano, mentre Romeo, scoreggiando sonoramente, cerca in qualche modo di abbassarsi sotto la cisterna. Sembra un panda che prova a entrare in una cuccia per cani. Un minuto più tardi l'uomo riemerge con un sorriso ebete stampato in faccia.

«Bene, tutto a posto. Grazie ancora. Adesso devo proprio ripartire perché sono in ritardo».

«Lei non va proprio da nessuna parte. Intanto ci dica da dove è partito».

Romeo sente l'odore della merda che comincia a salire.

«Da Agna» risponde sotto voce.

«Quindi è da Agna che lei semina cianuro!».

«No, beh. Non Proprio da Agna».

Il poliziotto comincia a fissarlo con sguardo indagatore.

«Come fa a sapere che non è da Agna che il camion perde?».

Adesso il livello della merda è decisamente più alto. Diciamo ad altezza bocca.

«Non lo so, dicevo così, tanto per dire».

«E io, così tanto per dire, dico che lei mi dà l'impressione di uno che ha bevuto qualche bicchiere di troppo questa sera».

Merda ad altezza naso. Comincia l'apnea.

«Forse un paio di amari, non di più».

«Collega, prendi l'etilometro che facciamo subito una prova. Poi chiama quelli dell'Arpav, che voglio capire da dove questo stordito ha cominciato a pisciare cianuro».

La faccenda si fa calda. Adesso Romeo sta nuotando a rana in un oceano di merda in tempesta. Disperato e consumato dall'alcool, il Lazzarato prova una punizione alla Del Piero: mette mano al portafogli e prende cento euro. Quindi, con l'espressione più seria che gli riesce, un misto fra la rana Kermitt del Muppet Show e Totò, li tende verso i due agenti.

«Va bene così?».

I poliziotti lo guardano basiti.

«Prego?».

«No, dicevo, amici come prima? Non ho altro in tasca. Lo chiudiamo un occhio?».

Punizione di Del Piero sì, ma con tiro direttamente in tribuna. L'uomo in divisa sorride.

«E come no, con questa cifra possiamo chiuderli tutti e due! Facciamo così: adesso io e il mio collega chiudiamo gli occhi, contiamo fino a cinque e quando li riapriamo la vogliamo vedere seduto nel sedile posteriore della nostra auto. Pensa che sia una buona soluzione?».

Romeo, con un'aria depressa e recitando sottovoce una bestemmia, abbassa la testa ed in silenzio si accomoda nella volante. L'ingranaggio più piccolo si è fermato. Nello stesso momento Mosè Mosole si trova nel bel mezzo della consueta partita a poker con gli amici del giovedì sera. Non manca un appuntamento nella taverna dell'amico Selmin da un paio d'anni: è il sacro momento in cui fra uomini si può parlare liberamente di poker, di calcio, di affari e, soprattutto, di figa, meglio se dell'est. Il suono del cellulare lo coglie proprio nel momento in cui sta calando un tris di assi. Il display del telefono gli indica un numero sconosciuto. Risponde infastidito.

«Sì?».

«Signor Mosole? È la stazione di Polizia di Rosolina. Abbiamo fermato un suo dipendente, tale Lazzarato Romeo, in evidente stato di ebbrezza. L'etilometro ha rilevato un valore nove volte sopra la norma. Gli abbiamo ritirato la patente e sequestrato il mezzo».

«Brutto *cojon*! Gli ho sempre detto di non bere quando guida! Io sono una persona seria, un lavoratore. Schifoso ubriacone».

«C'è un altro problema signor Mosole. Il camion perdeva sostanze contaminate di cianuro e il Lazzarato ha fornito delle risposte piuttosto inquietanti a questo proposito. Per questo motivo la guardia di finanza sta venendo nella sua azienda per controllare tutti i registri di carico e scarico. Dovrebbe gentilmente recarsi sul posto e mettersi a disposizione dei colleghi».

Mosè si sente come un coniglio nel bel mezzo di una tangenziale.

«Pronto? È ancora in linea? Mi sente?».

«Sì, sì, certo. Parto subito».

«Un'ultima cosa. È stato chiamato anche l'Arpav per fare una serie di rilievi lungo la strada che porta dalla sua azienda fino a Taglio di Po' dove, mi ero dimenticato di dirle, ci sono già le Fiamme Gialle per un controllo incrociato dei registri. Buona serata».

Buona serata un paio di coglioni. Quella merda di Romeo lo stava per rovinare. Durante il tragitto dalla casa dell'amico Selmin alla Freccia Padana, Mosè non fece altro che bestemmiare e mandare le peggiori maledizioni esistenti al suo autista. Si avverassero tutte, il Lazzarato dovrebbe vivere almeno trecento anni nel tormento dalle peggiori malattie conosciute dalla medicina moderna. Al suo arrivo davanti ai cancelli della ditta, Mosole trova già pronto il comitato di accoglienza. Le facce non sono delle più amichevoli.

«Buona sera. Prego accomodatevi. Io non so troppo di registri e carte. Non so bene dove li tenga mia *filia* e...»

«Non si preoccupi» fa l'uomo in divisa «sappiamo noi dove guardare, basta che lei apra gli uffici».

Mosole prova la sensazione di essere un "Mocio Vileda" usato per pulire una merda nel cesso di un Autogrill.

«Prego» dice accendendo le luci degli uffici. «Adesso chiamo mia *filia* (il "gl" proprio non gli viene) che magari vi può aiutare».

Prende in mano il telefono e compone il numero.

Stupito, sente giungere dal suo ufficio il tema di "Un posto al sole", la suoneria del cellulare di Suellen.

«Deve averlo dimenticato nel mio ufficio. Proprio questa sera che avevo bisogno di lei».

Mosole apre la porta seguito dai quattro agenti della Guardia di Finanza. Accende la luce e il cellulare è lì ma, cosa più importante, è lì anche la figlia. Se ne sta in ginocchio nuda sulla sua scrivania mentre un ragazzotto, con i pantaloni calati fino alle caviglie la penetra violentemente da dietro. Rimangono tutti senza parole e per un istante interminabile il tempo sembra cristallizzarsi. Il ragazzotto, ancora con il membro nel culo della giovane, è il primo a rompere il silenzio:

«Signor Mosole, le posso spiegare tutto...».

Il viso di Mosè cambia una decina di colori, fino ad assestarsi su un porpora cardinalizio.

«E cosa c'è da spiegare!» urla. «*Te si drio incueare me fioea!* Ecco cosa c'è da spiegare».

«Papà!».

«Papà un *casso*! *Porsea,* farabutta! proprio sulla mia scrivania... che disonore! Mio Dio, che figura di merda...».

I finanzieri sembrano statue di sale sorridenti.

«*Putana*! Io sono qui con la Guardia di Finanza e tu ti fai inculare dal figlio del fornaio. Brutta troia! Via, andate via tutti e due. Faremo i conti a casa. E tu», rivolgendosi al figlio del fornaio, «la prossima volta che ti vedo vicino a mia figlia ti ficco uno sfilatino nel culo, così poi mi dici se ti piace!».

I due ragazzi svaniscono dall'ufficio come neve al sole. Il ragazzo esce saltellando ancora con i pantaloni alle caviglie e il "batacchio" al vento. Mosè, stremato, si lascia cadere in una sedia dell'ufficio e dopo qualche istante di silenzio, indica con la mano l'armadio dove sono custoditi i registri contraffatti. Gli agenti, sforzandosi di sorridere il meno possibile, cominciano il loro lavoro.

«Se non vi dispiace, io vado un momento a casa. Ho bisogno di scambiare due parole con mia moglie. La casa è qui sul retro».

«Può andare, ma un agente verrà con lei. C'è un'indagine in corso e in questi casi esiste il problema di possibili occultamenti di materiale. Sarà molto discreto, non si preoccupi».

Rassegnato, il Mosole acconsente con un cenno della testa. Un minuto più tardi sta aprendo la porta di casa. Giunto in salotto, sempre in compagnia dall'agente, trova la moglie distesa sul divano, una gamba penzoloni sul pavimento. Russa sonoramente. Stringe ancora in mano la bottiglia di Sambuca e un filo di bava le cola dalla bocca fino ad imbrattare il colletto della vestaglia, vestaglia che nel frattempo si è aperta e lascia intravedere che la donna non indossa alcun tipo di biancheria intima, né sopra, né tanto meno fra le gambe.

Il finanziere sgrana gli occhi, Mosole li chiude sospirando:

«Una *filia* troia, una moglie alcolizzata… Come cazzo è successo?» mormora. «Cos'ho fatto di male?».

Si avvicina alla moglie e le rifila due schiaffi, a mano aperta, in grado di stendere un cinghiale. La donna rinviene lentamente, come se invece di due ceffoni, avesse ricevuto due languide carezze.

«Ma non eri a giocare a carte?» dice con una voce catarrosa.

«Ecco cosa fate voi quando io vado a giocare a carte: tu ti attacchi alla bottiglia e tua figlia si attacca al cazzo del figlio del fornaio! Ma in che famiglia di merda mi ritrovo?».

Si materializza in quel momento un altro finanziere.

«Signor Mosole, mi scusi, ma deve venire in caserma con noi. Quelli dell'Arpav hanno chiamato: fra la Monselice Mare e la strada Romea ci sono concentrazioni di cianuro a livelli inverosimili. Deve venire con noi».

In quel momento suona il cellulare di un Mosè tutto ad un tratto invecchiato di almeno vent'anni. Il nome sul display è quello di suo figlio Denis.

«Fatemi almeno rispondere. Pronto? Denis, figlio mio, va tutto bene?».

«Ciao papà. Sono alla stazione dei carabinieri di Monselice. Ci hanno fermato e hanno trovato della cocaina nella mia macchina. Ma ti posso spiegare tutto. Non era mia. Era di una puttana di una lap dance che avevo caricato in macchina e...».

Mosè chiude la comunicazione.

«Puttane, drogati, alcolizzate, quel deficiente di Romeo che si fa fermare gonfio di Fernet. Qua va tutto a *remengo*...».

L'agente, quasi con un moto di umana compassione, accompagna il Mosole verso l'uscita, dove lo attende una macchina con il lampeggiante acceso. Sua moglie, intanto, come se nulla fosse accaduto, si richiude la vestaglia e con un rutto cambia posizione sul divano.

Gli ingranaggi al collasso adesso si fermano del tutto e il sipario cala mestamente su un'altra favola nera del ricco Nordest.

***

Ah, i Mosole, che famiglia! Che ne dite? Secondo me ognuno di noi, facendo un piccolo sforzo di memoria, ha conosciuto un Mosè Mosole o un Romeo Lazzarato. E se qualcuno di voi ha avuto la fortuna di conoscere anche una Suellen come l'ha conosciuta il figlio del fornaio... beh, allora tanto meglio per lui. Ma ora basta con i Mosole's e trasferiamoci invece a Padova, per conoscere altri due personaggi veramente particolari. Ho l'onore di presentarvi Valentina la zoppa e Manolo Mion. Due personaggi con cui voglio fare una dedica particolare a tutta quella di tv spazzatura che pesca un nessuno qualsiasi e riesce a trasformarlo in uno pseudo VIP tutto giornali da spiaggia (o da cesso) e serate al Billionaire di Porto Cervo (quando c'era). Come dite? Perché si chiama Valentina la zoppa? Adesso ve lo spiego...

LA STRANA STORIA DI VALENTINA LA ZOPPA

Il Ciao bianco piombò dentro alla vetrina di Benetton alla velocità dell'Apollo 13, ma Manolo Mion non ebbe nemmeno il tempo di comunicare a Huston che aveva un problema. Neanche Valentina, anoressica commessa interinale del punto vendita, ebbe il tempo di avvisare la base che qualcosa non andava propriamente per il verso giusto. Il Ciao impazzito, dopo aver sfondato la vetrina, l'aveva travolta e lanciata fra gli scaffali del negozio. Il Mion, dopo aver attraversato la vetrata, modello apparizione a sorpresa del mago Silvan, aveva avuto la sfortuna di volare diritto giù per le scale che portavano i clienti al piano interrato.

Il risultato di un impatto così insolito e violento era stato quello di mischiare le ossa di entrambi i personaggi come tessere impazzite di un puzzle della Ravensburger. Un puzzle da mille pezzi, e con tessere molto piccole. I due furono ricoverati presso l'ospedale di Padova per un lungo periodo di degenza e la notizia di quell'incidente così strambo tenne banco sui giornali locali per diversi giorni.

Mentre Mion veniva tenuto in uno stato di coma farmacologico, Valentina veniva invece sottoposta a una lunga serie di operazioni alle gambe e al bacino. Il Mion, inoltre, dopo le analisi di rito, era risultato positivo a qualsiasi tipo di droga e nel suo sangue erano state rinvenute talmente tante schifezze e miscugli da far impallidire "Alì il chimico" in persona.

Nato nel quartiere cinese di Padova, il ragazzo aveva trascorso i suoi 38 anni di magra esistenza diviso fra aghi di siringhe, cartine Rizla, cartoni di Tavernello e cartoni in bocca che rimediava puntualmente ogni domenica allo stadio. Ma per uno strano scherzo del destino la vita per lui sembrava stesse per cambiare e, contro ogni pronostico, in meglio.

La vita di Valentina, sempre perché il destino a volte può essere piuttosto bastardo, si stava invece per trasformare in un vero e proprio girone dantesco. Le tre operazioni che aveva subito dopo l'impatto con l'Apollo/Mion/Silvan, non avevano avuto l'effetto sperato, quindi ora si ritrovava ad avere una gamba più corta di dieci centimetri e un'anca talmente sfasciata che Liz Taylor non l'avrebbe accettata manco a gratis. Va da sé che questa notizia lasciò molto turbata la ragazza, tanto da farle maturare durante quella lunga degenza un odio fuori misura per l'uomo che le aveva rovinato la vita. Quel figlio di puttana doveva assolutamente pagare per quello che le aveva combinato, quella era l'unica certezza che le rimaneva al momento. L'unica cosa che le avrebbe permesso di sopravvivere alle infinite giornate future inchiodata su quel letto di ospedale. Cominciò a informarsi sul Mion e venne a sapere che era ancora ricoverato in terapia intensiva. Così, dopo un paio di giorni di riflessione, decise che il momento migliore per mettere la parola fine a tutta quella maledetta storia era finalmente arrivato. All'alba di una domenica mattina, dopo il primo giro di visite, riuscì a sedersi su una sedia a rotelle e, molto lentamente, cominciò a dirigersi verso il reparto di rianimazione. Dovette percorrere un bel po' di strada, visto che la sua meta si trovava dall'altra parte del complesso ospedaliero. Con una infinita pazienza e stringendo i denti, dopo quasi quaranta minuti si ritrovò dinnanzi le porte del reparto in cui era ricoverato il nostro Manolo. Dopo aver controllato velocemente un biglietto dove era indicata la camera e il letto entrò e cominciò la sua ricerca. Non ci volle molto tempo ad individuare la camera. Gettò uno sguardo all'interno e vide un solo paziente.

«Eccoti qua, brutto bastardo» pensò compiaciuta.

Spinse la sedia a rotelle fino ai bordi del letto di un giovane di circa quarant'anni. Lo osservò per qualche istante: un tubo gli entrava direttamente nella gola, mentre altri di dimensioni più piccole spuntavano da tutto il resto del corpo.

«Allora, vediamo un po' da dove possiamo cominciare...» disse osservando un monitor pieno di linee e diagrammi collegato a una grossa macchina.

«Questo mi sembra un ottimo inizio». Sorrise, allungò una mano e cominciò a spostare tutte le levette e le manopole del grande macchinario. Di tutto rimando questo cominciò a fischiare come una locomotiva impazzita. Ora Valentina sapeva di dover accelerare il suo piano. In un attimo chiuse l'alimentazione di un paio di flebo mentre una, regolata al minimo, la aprì completamente. La gocciolina in alto alla flebo si trasformò in un istante in un fiume in piena. Sperò con tutto il cuore che quei piccoli tocchi d'artista potessero bastare poi, soddisfatta come una novella assistente del Dr. House, girò la sedia a rotelle e spingendo più forte possibile sparì dal reparto senza essere notata da nessuno. Una volta tornata a letto rimase in trepidante attesa di novità. Novità che non si fecero attendere.

Il Gazzettino di Padova del giorno seguente dedicò una pagina piuttosto sostanziosa alla strana morte avvenuta nel reparto di rianimazione il giorno precedente. Morte che, secondo il giornalista, prendeva sempre più i contorni di un omicidio inspiegabile. Nessuno, infatti, era in grado di spiegare chi avesse potuto desiderare la morte di Don Sante Babolin, sacerdote quarantenne di una piccola parrocchia appena fuori Monselice e grande uomo di Dio. Ed è qui che entrava in gioco il Mion che, proprio come il grande mago Silvan, aveva compiuto la magia di risvegliarsi giusto qualche ora prima che Valentina decidesse di fargli visita e, quindi, era stato prontamente trasferito in un altro reparto. Al suo posto era finito il bisognoso e buono Don Sante.

«Porca troia!» furono le uniche due parole che riuscì a pronunciare Valentina dal suo letto del reparto di ortopedia.

Dopo un paio di ore trascorse in uno stato catatonico formulò un'altra frase, questa volta con qualche parola in più: «Porca troia, ho ucciso un prete. Cazzo!»,

Un'ora più tardi il vocabolario della giovane si arricchì ulteriormente: «Ma che cazzo ci faceva un prete sul letto di quella merda di Mion? Roba da matti! Eppure la camera era quella giusta, sono sicura. Stai a vedere che ha tirato le cuoia e che lo hanno già portato all'obitorio un paio di giorni fa. Oppure, cazzo, quel drogato di merda si è svegliato dal coma e l'hanno trasferito da un'altra parte. Devo andare a fondo a questa cosa. Adesso lo devo al prete. Mica posso aver ammazzato così per niente Don Sante Pompolin, Pompin, Babolin... beh, come cavolo si chiamava, insomma».

Lo spiacevole inconveniente occorso al prete si rivelò essere solo l'inizio di una lunga discesa verso gli inferi che alla ragazza parve non avere fine. Una volta ripresosi dal coma, il Mion cominciò a raccontare la sua verità circa il giorno dell'incidente. Per l'opinione pubblica fu come assistere in diretta all'esecuzione del piccolo cerbiatto Bambi. Come se il simpatico animale fosse stato giustiziato sommariamente in un asilo e per giunta davanti a mille bambini in lacrime. Insomma, una storia struggente che avrebbe commosso anche il più duro dei duri.

Praticamente il "Mago Manolo" il giorno dell'incidente aveva ricevuto una telefonata dall'ospedale di Padova che gli comunicava che la madre, già ricoverata da un po' di giorni, sembrava essere arrivata al capolinea. Il ragazzo, pieno di eroina come uno strudel, non ci aveva pensato due volte, aveva inforcato il motorino ed era partito a manetta per dare l'estremo addio alla madre morente. A un certo punto, sempre a suo dire, aveva avuto un mancamento e per questo si era schiantato nella vetrata del punto vendita di Benetton, filiale di Padova. La cosa triste fu che, a causa del coma rimediato, alla fine il ragazzo non ce l'aveva fatta a salutare la madre. La povera donna era morta il giorno seguente, sola e senza alcun parente. Amen. Resosi conto degli ottimi riscontri ottenuti dalla sua storia nelle testate dei giornali locali, il Mion pensò bene di cominciare a vendere la sua vita privata anche a settimanali scandalistici a tiratura nazionale. La cosa funzionò. E alla grande anche. Contattò pure con successo un editore per pubblicare una sua biografia. Funzionò pure quello. Insomma, i *schei*, come si dice a Padova, stavano cominciando a fioccare da tutte le parti. Come se non bastasse il mese di coma aveva disintossicato quasi del tutto e senza grossi sforzi l'ex povero ed ex sfortunato ragazzo padovano.

Valentina, in tutta quella storia, venne quasi considerata un "danno collaterale". Solo in un paio di articoli venne menzionato lo stato fisico della ragazza, ma il popolo "bue" non ci badò più di tanto, visto che ormai aveva eletto il suo nuovo eroe: Manolo Mion!

Un paradosso assurdo si stava consumando ma, come tutti sanno, i media fanno e i media disfano: se decidono che devi diventare famoso allora non ci sono cazzi che tengono, diventi famoso. Il tempo di costruirti il personaggio, un po' di marketing, uno spruzzo di pubblicità, un pizzico di ufficio stampa e il gioco è fatto: benvenuti nel circo dei finti famosi, un circo di cui il Mago Mion era diventato in breve il Re assoluto.

Valentina di tutta questa pazzesca storia proprio non riuscì a farsene una ragione. Giurò a se stessa che lo scopo primario della sua esistenza sarebbe divenuto, da quel giorno in poi, quello di uccidere quella "faccia di merda di un drogato", come amava simpaticamente definirlo lei. A un mese esatto dalla morte del povero Don Sante la ragazza venne finalmente dimessa, dopo un totale di 96 giorni di ricovero. Entrata in quel brutto posto a "mani vuote", ne era invece uscita con due regali, un paio di scintillanti stampelle e una scarpa ortopedica. con una zeppa da dieci centimetri che avrebbe sicuramente suscitato le invidie di qualsiasi cubista degna di tal nome.

Una volta a casa la ragazza cominciò a lavorare a tempo pieno fra riabilitazione e neri progetti di vendetta. Un paio di mesi più tardi l'occasione che stava aspettando si materializzò: Manolo Mion avrebbe presentato la sua biografia in sala Rossini, presso lo storico complesso del Caffè Pedrocchi di Padova. Titolo della grande opera: "Una vita di merda".

«Complimenti per il titolo» disse Valentina ad alta voce. «La vera vita di merda è quella che tu stai facendo passare a me, brutto bastardo. Dovevo andare a fare il provino per Veline, fra qualche settimana. E invece tu hai pensato bene di azzopparmi come un cavallo che cade al palio di Montagnana. Ma io non sono un cavallo da corsa, né tanto meno ormai una cavalla da monta, visto che messa così è anche difficile trovare qualcuno che abbia voglia di montarmi. Vaffanculo! Non so ancora come, ma il giorno della presentazione del tuo libro diventerà per te una giornata veramente di merda!».

Nel frattempo Re Manolo si stava godendo a pieno il suo momento di popolarità. Era riuscito a fare un paio di comparsate (ovviamente retribuite) in due discoteche del padovano e, per la prima volta dopo molti anni, era riuscito a stare con una donna senza doverla pagare. A coronare il grande momento anche il fatto che, finalmente, aveva smesso con l'eroina. Adesso che aveva fatto i *schei* poteva tranquillamente assaporare le gioie della "bamba" (cocaina, per i non addetti ai lavori) e mantenere comunque una certa aria da bravo ragazzo disintossicato. E così, con Re Manolo sempre più sulla breccia dell'onda, e Valentina sempre più cavalla pazza, arrivò anche il famoso lunedì in cui sarebbe stato presentato il grande capolavoro "Una vita di merda".

La sala Rossini, come prevedibile, era gremita di giornalisti, curiosi, fan dell'ultima ora, ex tronisti e ragazzine in stile "Moccia". C'era pure il sindaco, disposto a qualsiasi cosa pur di rastrellare qualche voto. In tutto questo *turbillon* di cultura, ignoranza e giovani tettine anche Valentina, intenta a zompettare con aria indifferente. Solo Re Mion, al suo ingresso in sala, riuscì a zittire quella massa così disomogenea di persone. Quando entrò, Valentina ebbe un tuffo al cuore. Era la prima volta che riusciva a vederlo dal vivo e in cuor suo si augurò anche che fosse l'ultima volta che lo vedeva... vivo!

Cominciò a rimuginare sul da farsi ed alla fine l'idea arrivò. In realtà non era un granché, ma rappresentava pur sempre un inizio. Lo avrebbe aspettato all'uscita della sala e approfittando della confusione lo avrebbe spinto giù per la scalinata che collega la sala Rossini al piano terra del Caffè Pedrocchi. Saranno stati a occhio e croce almeno una sessantina di scalini in marmo. Nella migliore delle ipotesi Mion si sarebbe spezzato il collo, nella peggiore avrebbe almeno vinto un paio di stampelle come le sue. Sì, alla fine decise che questa poteva essere proprio una buona idea. E che cazzo, alla fine di tutto poteva sempre dire che aveva perso l'equilibrio mentre camminava e che senza rendersene conto aveva urtato il povero Mion spingendolo giù per la scalinata. Già, già... proprio una buona idea. Per farsi coraggio bevve avidamente quattro bicchieri di prosecco scadente offerti dal Re e a quel punto l'idea si trasformò in piano. Capì in quel momento che non sarebbe più tornata indietro.

Dal canto suo il Mion tenne banco circa una mezz'ora, durante la quale riuscì a dire tutto e il contrario di tutto. Praticamente, come ogni bravo finto Vip che si rispetti, non disse un beato cazzo. Finì il suo sproloquio con la classica frase: «se potessi esprimere un desiderio chiederei che finissero tute le guerre del mondo». Un giornalista a sentire quella boiata, pronunciata peraltro in mezzo italiano, quasi si vomitò addosso il prosecco scadente appena bevuto. Finita l'indecente figura per il Re arrivò il momento del bagno di folla, di autografi e di figa, come si dice sempre dalle nostre parti.

Valentina cominciò a portarsi verso l'uscita della sala. A quel punto non le rimase che attendere. Capì che era arrivato il momento quando vide la folla che cominciava a defluire lentamente dalla grande sala. Si portò allora al bordo della scalinata. Il Mion arrivò qualche minuto più tardi fra due ali di giovani ragazze e un giornalista che gli rivolgeva alcune domande al volo. Valentina raccolse le stampelle e cominciò a camminare verso il suo bersaglio. Più di qualcuno, osservandola, si fece da parte per farla passare. Alla fine, fra la calca generale, riuscì a trovarsi dietro a Re Manolo.

Mion era intento a firmare gli ultimi autografi proprio all'inizio della scalinata. Lei subito dietro a lui. Finalmente il momento che aveva atteso per sei lunghi mesi era arrivato. Valentina raccolse un profondo respiro e spinse Manolo il Re. Lui, sorpreso all'improvviso, perse l'equilibrio e cominciò disperatamente ad annaspare con un braccio alla ricerca di un qualsiasi appiglio. Alla fine lo trovò: con la faccia già rivolta in avanti a puntare lo scalino, avvertì la sua mano afferrare un qualcosa di freddo alle sue spalle. Non aveva la minima idea di cosa fosse, ma in quel momento di terrore si aggrappò a quell'oggetto freddo con tutte le forze che aveva in corpo. Valentina vide la mano del Mion quando ormai era troppo tardi: quel figlio di puttana si era aggrappato alla sua stampella! Perse l'equilibrio e a sua volta si aggrappò al Re. Rotolarono abbracciati assieme lungo l'infinita scalinata della sala Rossini.

Sotto il peso dei quasi 110 chili del Mion una stampella si spezzò di netto e nel rotolare si conficcò nella schiena del ragazzo. Sotto il peso dello scalino successivo perforò il corpo del Re trapassando anche il giovane ed esile corpo di Valentina. Rotolarono così, fino al fondo della scalinata, dove si fermarono ancora infilzati in un abbraccio mortale.

I presenti inorridirono a quello spettacolo, anche perché un'enorme pozza di sangue si stava allargando a vista d'occhio da sotto i corpi dei due ragazzi. Il moncone della stampella li aveva trapassati entrambi riducendoli a un enorme spiedino umano. Dopo quel momento di incredulità e orrore, tutti si precipitarono verso i due malcapitati, chi per prestare soccorso, chi solo per curiosità. I fotografi invece non avevano perso un secondo, avevano subito fiutato lo scoop e aveva ripreso tutta la scena. Mion stava per subire l'ennesima trasformazione: da Re Manolo a Martire Manolo, l'ultimo scalino prima della santità mediatica che solo la morte può regalare.

Manolo intanto si ritrovò a fissare incredulo Valentina. I loro volti a pochi centimetri. Negli occhi di lei lo stupore alla consapevolezza della fine.

«Ti ho riconosciuta. Tu, tu... sei la ragazza di, di... Benetton...».

La voce del Re suonò debole come un soffio di vento. Parlando cominciò a sanguinare anche dalla bocca. Valentina pensò di essere nella stessa situazione del suo interlocutore. Non sentiva però dolore, ma solo un grande freddo e tanta tanta voglia di chiudere gli occhi. Rispose gracchiando a bassa voce.

«Sono proprio io brutto bastardo: sono Valentina la zoppa».

«Sei stata l'ultima cosa che ho visto prima del coma. Gesù che visione, sei ancora più bella vista da vicino. Sei venuta fino a qui per ammazzarmi vero?».

«Ci puoi giurare, ma a quanto pare ho combinato un gran casino».

«Bah, tanto questa non era la mia vita. Sarei morto comunque di overdose prima o poi. Mi dispiace per te».

«Sono morta qualche mese fa, o sarei morta per l'anoressia. E poi ho pure ucciso Don Pompin, o come cavolo si chiamava».

Mion ridette spruzzando sangue ovunque: «Sei stata tu?» sussurrò.

Valentina rise fra gli spasmi finali: «Non serve che lo dici piano, tanto sto morendo».

Manolo accennò l'ultimo sorriso. «Ho un po' di paura, adesso che è il momento. Ti va se ce ne andiamo guancia sulla guancia?».

Valentina appoggiò la fronte sul naso di Manolo e spirò così. Lui la raggiunse sorridendo qualche secondo più tardi.

***

Povera Valentina, povero Don Babolin (che Dio lo abbia in gloria) e, in fondo, povero Manolo, effimero re di provincia per un breve periodo. Speriamo solo, come diceva lui, che tute le guerre nel mondo finiscano presto. Adesso però è ora di tornare a vedere cosa stanno combinando due nostre vecchie conoscenze...

IL SIGNORE DELLE MOSCHE

«Visto l'articolo 449, l'articolo 2621 e l'articolo 2622 del codice penale, questa corte dichiara l'imputato Mosole Mosè colpevole di disastro ambientale colposo, crimine ambientale, falso in bilancio, frode all'erario e falsificazione di registri legali. Considerate le attenuanti generiche e il fatto che il Mosole risultasse in precedenza incensurato, questa corte condanna l'imputato a una pena di anni cinque, da scontare presso la casa di detenzione Due Palazzi di Padova e a un'ammenda di euro 75.000.

Visto l'articolo 449 del codice penale e l'articolo 186 del codice della strada, questa corte dichiara l'imputato Lazzarato Romeo colpevole di disastro ambientale colposo, crimine ambientale e guida in stato di ebbrezza. Considerate le attenuanti generiche, il fatto che il Lazzarato risultasse in precedenza incensurato e la semi infermità mentale accordata, questa corte condanna l'imputato a una pena di anni tre, da scontare presso la casa di detenzione Due Palazzi di Padova e un'ammenda di euro 25.000. La corte si ritira».

«Che Dio te possa fulminare, Romeo! Che fulmini te, *i to' morti cani*, il Fernet e quella testa piena di merda che ti ritrovi! Cinque anni di galera per colpa tua, brutto bastardo!».

Il Lazzarato tenne la testa bassa e gli occhi incollati al pavimento del cellulare blu che li stava trasportando verso il carcere. Sembrava il pupazzo di peluche del WWF.

«A me hanno dato l'infermità mentale...» mormorò tenendo sempre lo sguardo basso.

«Cosa hai detto? L'infermità mentale? E hanno fatto bene, perché sei un deficiente completo! Guarda Romeo, lasciamo stare, perché adesso non è momento. Sono troppo nervoso. A ogni modo mi sei debitore e io ho già un incarico da affidarti per quando sarai fuori».

Romeo alzò la testa.

«Tutto quello che vuole signor Mosole. Se posso rimediare…».

«Certo che puoi, anzi devi. Dovete rimediare

un po' tutti, *casso*. Tu devi rimediare, quell'ubriacona di mia moglie deve rimediare, mio figlio con le sue puttane e la coca deve rimediare, mia figlia che si fa mettere a quattro zampe sulla mia scrivania e il figlio del fornaio che la incula deve rimediare. Rimedierete tutti, ve lo dico io, e i Mosole torneranno a essere quelli di un tempo, casso!».

«Sarò a sua completa disposizione. Ha già un'idea?».

«Certo che ho un'idea e tu ne fai parte. Ho l'incarico che fa giusto al tuo caso...».

Mosè gli sorrise, poi il sorriso si trasformò in un ghigno.

Il Lazzarato gonfiò il petto: «E di cosa si tratta?».

«Non preoccuparti, quando sarà il momento ti spiegherò tutto. Comunque è una posizione ritagliata proprio per le tue capacità. Lavorerai nel ramo della merda. Tanta merda da esserne praticamente sommerso».

Romeo sgranò gli occhi.

Due anni più tardi…

Romeo Lazzarato fu rilasciato alle ore 14.00 dell'undici agosto 2008. Uscì dal carcere Due Palazzi sotto a un sole che sembrava volesse bruciare l'intera città di Padova. Rimase in attesa di Suellen, la figlia di Mosè, per più di un'ora. Quando la vecchia Fiat Panda della ragazza arrivò nel piazzale di fronte al carcere, il Lazzarato era ormai prossimo al collasso. Entrò in macchina barcollando e zuppo di sudore. Il suo amore nascosto per la figlia del Mosole, che durante gli anni di galera era rimasto ancora vivo, fu l'unico motivo che gli impedì di bestemmiare tutti i santi del paradiso una volta salito su quella specie di barattolo a quattro ruote.

«Ti vedo bene» disse la giovane grattando la prima e partendo a saltelli. Romeo la osservò per un lungo momento, non riuscendo a capire se lo stesse prendendo per il culo o cosa.

Due giorni più tardi, dalle gloriose ceneri della Freccia Padana, nacque, dinanzi a un notaio della repubblica italiana, la ditta "Il signore delle Mosche". Socio unico Mosole Suellen, unico dipendente Lazzarato Romeo. Settore operativo dell'azienda: spurgo pozzi neri. Mosè non scherzava due anni prima nel cellulare della polizia penitenziaria, sarebbe stato veramente un lavoro di merda. L'inizio dell'attività avvenne ufficialmente il mese successivo quando il Lazzarato si recò presso una carrozzeria del basso Polesine per ritirare una vecchia autobotte dismessa ma riverniciata a nuovo e recante le scritte oro su sfondo nero della nuova società.

«Sembra un carro funebre pieno di merda» pensò Romeo che, in segno scaramantico, si diede per prudenza una bella toccata alle palle.

«Un maledetto carro funebre formato famiglia. Potremmo tirare su merda durante la settimana e fare funerali il sabato e la domenica».

Alla fine, dopo l'ennesima toccata ai gingilli, si convinse a salire e partì con destinazione Agna. Recuperato anche il camion adesso toccava alla parte commerciale. A questo punto entrò in gioco Mosè, direttamente dalla sua cella due per due, trasformata in ufficio per l'occasione. Preparò una lettera che consegnò alla figlia che, in gran segreto, la consegnò a un assessore di un comune vicino. La stessa cosa fece una settimana più tardi con il sindaco di un paese del Polesine. Perfino un prete ricevette in gran segreto una lettera del Mosole. Le lettere ottennero il risultato sperato dato che nel giro di quindici giorni l'azienda "Il Signore della Mosche" si era aggiudicata la merda di due comuni e di una parrocchia.

Mosè, per via che era stupido, a suo tempo aveva usato parte degli introiti illeciti della Freccia Padana, per foraggiare sottobanco la campagna elettorale di quel sindaco e di quell'assessore che avevano ricevuto la misteriosa missiva. Per quanto riguardava il prete se l'era cavata sponsorizzando la squadra di calcio dei pulcini della parrocchia. Romeo, dopo aver fatto pratica con le pompe dell'autobotte nel letamaio di un amico, cominciò ad evadere le prime richieste di lavoro.

Il mese successivo i *schei* cominciarono a entrare in cassa e Suellen si recò in visita al Due Palazzi per riferire al padre.

«Quindicimila, papi, questo mese».

«Bene, *casso*, bene. E in black? Quanti?».

«Tremila, del prete».

«Ottimo. La settimana prossima Selmin dovrebbe portarti delle fatture "furbe" per altri cinquemila euro. Le faremo figurare come pagamento, quindi togli i cinquemila testoni dalla cassa e mettili assieme a quelli del prete sul tuo conto privato. Adesso dimmi, come sta Romeo?».

Suellen sorrise: «È immerso nella merda da mattina a sera. Con la scusa che abbiamo un solo camion lavora quindici ore al giorno e puzza sempre come una carogna».

«Ottimo, così non ha tempo di andare in bar e scolarsi tutto il banco dei liquori. Tienilo d'occhio e ogni tanto ricordati di fargli gli occhi dolci».

«Ma papi!».

«Non ti ho mica chiesto di fargli una sega! E poi non venirmi a fare la morale proprio te. Non farmi nemmeno ricordare cosa ti ho visto fare sulla mia scrivania. Ho convinto Romeo a mettere i soldi per comprare il camion con la promessa che glieli restituirò un po' alla volta. Quindi più farai la cretina con lui e meno ci romperà i coglioni. Sto provando a ridare una casso di vita dignitosa a tutti noi, quindi devi darmi una mano, o usare la tua mano con Romeo, se fosse necessario».

«Uffa, va bene. Ci penso io».

«Brava *filia* mia. Stai prendendo tutto da tuo *popà*. E non dimenticare che la merda fa *schei*».

A seguito di quel colloquio Mosè decise che era arrivato il momento di cominciare la seconda parte del suo piano. A questo punto gli tornarono utili un paio di vecchie e dubbie amicizie. Uno era Silvano Martin, proprietario di una grossa officina in quel di Deserto d'Este, che si era reso più volte disponibile a fare affari sotto banco con Mosè; l'altro invece si chiamava Melchiorre Testa, imprenditore "fai da te" e *paronsin* di una micro azienda specializzata nel confezionamento e vendita di pallet. Romeo Lazzarato avrebbe fatto da *trait d'union* fra queste due realtà, con la funerea autobotte del Signore delle Mosche. Secondo i piani di Mosè ci sarebbero stati grassi guadagni per tutti: Martin avrebbe risparmiato. il cinquanta percento sullo smaltimento degli oli esausti, caricandoli ogni sabato mattina nel camion di Romeo. Testa sarebbe stato pagato per miscelare l'olio con i pallet e Mosè, pagato Testa, si sarebbe tenuto in tasca la metà dei soldi incassati da Martin.

Tutti felici come pasque e, ovviamente, tutto in black, come si dice da queste parti. Per evitare ogni sospetto Mosè, dal suo ufficio blindato, incaricò la figlia di spiegare a tutti il piano. Il "sì" all'unanimità arrivò durante una cena di pesce in un noto ristorante del conselvano, dove Suellen Mosole si presentò con una vertiginosa minigonna bianca, tacchi da quindici e trucco da battona bielorussa anni settanta. Il tutto venne suggellato da una bottiglia di grappa e da varie palpate al culo della giovane.

Un mese più tardi la ragazza tornò a riferire al padre.

«Venticinquemila, questo mese».

«E in black?» fece Mosè strofinandosi le mani.

«Diecimila. Cinque del prete e cinque per la storia dell'olio».

«Vacca boia! I parrocchiani hanno aumentato la loro produzione questo mese. Ma cosa ci mette Don Guglielmo nelle particole? Un lassativo forse?».

Suellen sorrise maliziosa.

«No, mi sono permessa io di aumentare la tariffa, tanto per fare conto tondo. Comunque ho promesso al prete che da qui al prossimo anno non ci saranno ulteriori aumenti».

«E Selmin?» la incalzò lui. «Continua a farti le fatture furbe?».

«Certo settemila anche questo mese. Così, in totale, ho depositato altri diciassettemila nel mio conto privato».

«Casso, che ben, che ben! Nessun problema insomma!».

«Romeo mi ha chiesto quando cominciamo a saldare l'acquisto del camion».

«E tu cosa gli hai risposto?».

«L'ho invitato a cena questa sera».

«Brava, vacca boia, brava! Tienilo buono fino a quando non sarò uscito da questa fogna, dopodiché, a lui, ci penserò io».

«Va bene Papi. Poi volevo parlarti di Rossano...».

«Rossano chi? Sarà mica il figlio del fornaio, l'inculatore?».

«Sì papi...».

«No, ti prego, non mi dire niente. Non rovinarmi

questa giornata di gioia. A meno che non abbia inculato anche tua madre non voglio più sentire il suo nome per un bel po' di tempo. Adesso vai, che è finito l'orario delle visite».

«Ma...».

«Vai, ti ho detto. Mi dirai la prossima volta».

Venne sera e arrivò, puntuale come la morte, anche il momento della cena fissata con Romeo. L'uomo si presentò con un completo grigio chiaro di almeno due taglie più piccolo, una sottile cravatta in pelle nera e mocassini bianchi. I pantaloni da acqua alta, lasciavano in bella mostra un paio di calzini in spugna bianca griffati "Sergio Tacchini". La minigonna della giovane, invece, sembrava rubata ad una ragazza nana, le calze a rete a una mignotta e la camicetta scollata in raso bianco a una delle anzianotte che frequentano i numerosi locali di liscio del Polesine.

Romeo quando la vide rimase senza fiato: «*Te si beissima*» le disse già imperlato di sudore.

«Anche tu sei molto elegante» rispose lei trattenendo a stento una risata. Insieme erano la coppia più disadattata di tutto il ristorante.

Romeo, colto da un attacco di galanteria, spostò la sedia di Suellen e la indicò con la mano: «Prego *madam, sentè vù*».

Dopo quella penosa frase in franco-polesano, azzardò anche un mezzo inchino. A metà della piega i pantaloni, già messi a dura prova dal grasso dell'uomo, cedettero di schianto strappandosi proprio al centro del culo. Ci fu un *crack* secco e a seguire una pesante bestemmia mal soffocata. Suellen, viola in volto, fece finta di nulla.

«Che galante che sei. Dai, siediti anche tu».

Così, con un lembo di camicia bianca che usciva dallo squarcio dei pantaloni, Romeo prese finalmente posto a tavola. Conversarono tranquillamente tutta sera, fino a quando, davanti ad un caffè e a un Fernet, Romeo arrivò a trattare l'argomento del rimborso dell'autobotte.

«Sai» disse, «avevo solo quei soldi in banca e lo stipendio non mi basta per pagare tutte le spese che ho. Pensa che sto ancora pagando l'avvocato. A ogni modo se il signor Mosole potesse anticiparmi almeno duemila euro...».

Non riuscì a finire la frase che le parole gli morirono in gola con un gorgoglìo: il piede di Suellen, dopo essersi infilato in mezzo alle sue gambe, si mosse lentamente ad accarezzare la patta dei pantaloni. Romeo, in evidente imbarazzo, allargò la cravatta e sbottonò il colletto della camicia. Stava sudando come un maiale.

«E se ne parlassimo un'altra volta?» fece lei passandosi languidamente la lingua fra le labbra.

«Io, io, va bene, sì».

Il piede della giovane si spinse talmente in fondo, da riuscire a penetrare nello squarcio dei pantaloni del povero Romeo.

«Paghiamo?» disse ammiccando. «Ho voglia di fare un giro in macchina».

Lui, in viaggio ormai verso Sodoma, ci mise qualche istante a realizzare le parole della ragazza. Schioccò le dita per chiamare il cameriere.

«*Garson, la quenta per favor!*»

Tornò poi a guardare Suellen.

«Ovviamente sei ospite mia» balbettò con la lingua ormai ingarbugliata.

Come da tradizione, assieme al conto, venne portata anche una bottiglia di limoncello. Dopo averne scolata più di metà, Romeo provò ad alzarsi. Lei, ritraendo il piede ormai entrato del tutto dentro ai pantaloni, contribuì non poco ad allargare lo squarcio che ormai partiva da appena sotto la cerniera per finire all'altezza del passante posteriore della cintura. Dopo un breve giro in auto, Suellen riaccompagnò a casa Romeo e, davanti al cancello dell'uomo, decise che era arrivato il momento di dare quella famosa mano al padre. In realtà gliene diede due, quando scoprì che il Lazzarato nelle parti bassi era più simile ad un toro che a un essere umano. Scese dall'auto considerando che infondo non le sarebbe poi dispiaciuto più di tanto conoscere quello che aveva già ribattezzato "il fratellone di Romeo".

«Beh, magari la prossima volta. Per il momento anche questo problema è risolto».

E così, fra fatture false, appalti truccati, pallet impregnati di olio venduti in mezzo Polesine e lavoretti di mano (e ne gli ultimi tempi anche qualcuno di bocca) al buon Romeo, passarono i mesi. Per la precisione undici mesi, ricchi di entrate occulte e di soddisfazioni. Quella tranquilla routine venne interrotta la mattina del dieci luglio 2009, quando Mosè Mosole, leggendo il Mattino di Padova, per poco non perdette i sensi. In prima pagina campeggiava un articolo che suonava come una marcia funebre: "Sette famiglie intossicate dalle stufe a pallet. Dalle prime analisi sembra che i pallet usati come combustibile, fossero gravemente contaminati da oli esausti. Le forze dell'ordine indagano".

«*Ostrega. Stavolta a ghemo in cueo*».

Mai parole furono così azzeccate. Bastarono due giorni di indagini per scoprire l'ingegnoso piano del Mosole, dopodiché, scattarono le perquisizioni, il congelamento dei beni e infine gli arresti. Tutti i personaggi, nel tentativo di discolparsi, finirono per accusarsi l'un l'altro, facendo così il gioco degli investigatori e aggravando di non poco le loro già precarie posizioni. Alla fine della fiera, la popolazione carceraria del Due Palazzi, aumentò di tre unità. Per Romeo fu come tornare a casa. Per Suellen, additata da tutti come la diabolica mente del piano, si spalancarono le porte del carcere femminile di Rovigo. Mosè pensò che alla fine, nonostante l'ennesima disfatta, gli rimanevano più di centomila euro nel conto della figlia e solo undici mesi di carcere da scontare. Tutto sommato aveva di che essere felice. Due giorni più tardi ricevette una lettera di Suellen.

«Caro papà, l'avvocato dice che ci sono buone possibilità che mi concedano i domiciliari entro breve tempo. Ci conto molto, perché questo posto è veramente brutto. Oltre a questa notizia c'è un'altra cosa che devi sapere. Ti ricordi di Rossano, il figlio del fornaio? Bene, durante questi tuoi mesi di assenza noi siamo stati sempre assieme, praticamente fidanzati. Non ho mai avuto il coraggio di dirtelo e, in fondo, tu non hai mai avuto voglia di ascoltarmi. Avevamo preso la decisione di raccontarti tutto, non appena tu fossi tornato a casa dalla galera. Il punto è proprio questo. Il giorno in cui i carabinieri si sono presentati dal signor Testa ho avuto paura e, sapendo che sarebbero arrivati anche a me e al mio conto privato, ho chiesto a Rossano se potevo momentaneamente trasferire tutto sul suo. Lui acconsentì con vero entusiasmo, dopodiché abbiamo fatto l'operazione».

Mosè cominciò a sudare freddo...

«Da quel momento è sparito. La mamma è andata a cercarlo a casa sua, ma il padre dice che è partito senza lasciare detto nulla. Mi dispiace tanto papi, spero potrai perdonarmi. In totale erano più di centotrentamila euro. Tua figlia Suellen».

Mosè rimase impietrito. Rilesse la lettera due, tre, quattro volte, senza che il testo però cambiasse di una sola virgola. Alla fine, bestemmiando e piangendo, distrusse la cella. I secondini, per fermare la sua furia, furono costretti prima a pestarlo e poi a portarlo in infermeria. Lì, il dottore del carcere, gli iniettò una dose di Valium in grado di stendere persino King Kong. Mentre le membra si rilassavano e il sonno cominciava a cullarlo, Mosè ebbe il tempo per un ultimo pensiero: «Maledetto *filio* del fornaro! Questa è già la seconda inculata e decisamente brucia più della prima…».

***

Ah! Questa gente del Nordest, questo spirito, questi Mosole! Un'altra grande idea naufragata, è proprio il caso di dirlo, in un mare di merda. Chissà se Mosè avrà mai modo di riprendersi, in fondo questa è una terra che offre ancora molte opportunità ad uno come lui. Ora cambiamo decisamente argomento e caliamoci all'interno di una buia e fumosa bisca, in uno scantinato del centro di Padova. Eh già, perché Padova non è solo in superficie, ma anche sotto i vostri piedi... e là sotto, credete a me, non giacciono solo i resti dell'antica Patavium. Dire che all'interno ci sono due veneti, un cinese e un serbo, potrebbe quasi sembrare l'inizio di una barzelletta, ma vi assicuro che c'è ben poco da ridere. È il 13 giugno e a Padova si festeggia il giorno "Il Santo", e cioè Sant'Antonio, il santo patrono della città. Ma quest'anno sarà decisamente un Sant'Antonio pulp...

SANT'ANTONIO PULP

«Adesso fate i bravi. Il primo che si muove diventa un ricordo».

Lo stanzone dell'interrato è immerso nella penombra. L'odore acre del fumo di sigaretta si mescola con quello del sudore stantio e della tensione. Tutti sono immobili, come congelati in un quadro. Il cinese ha lo sguardo torvo, sembra un leone in gabbia. Lascia penzolare la sigaretta a lato delle labbra come un vecchio gangster degli anni '60 ma, probabilmente, è dieci volte più pericoloso di quella vecchia malavita in bianco e nero d'altri tempi. Alla sua destra, sempre con le mani bene in alto, c'è Ilie, un pezzo di merda serbo arrivato a Padova dopo la guerra balcanica. Fa veramente paura: alto, con i capelli a spazzola, il naso rotto da pugile e due occhi azzurri che sembrano morti, privi di ogni sentimento. Il bastardo ha in mano gran parte del giro delle puttane dell'est Europa in Veneto. Le fa arrivare con la lusinga di un lavoro, poi le minaccia, qualcuna se la violenta pure e dopo via in strada a battere. Si dice in giro che ne abbia pure seppellite un paio con le sue stesse mani. Un vero pezzo di merda, che in questo momento se ne sta buono e fermo solo perché ha una Glock .45 silenziata puntata in faccia. Dietro di lui c'è "otto in buca centrale", l'unico italiano di questa simpatica compagnia di stronzi. Lo chiamano così perché ha solo otto dita, ma ciò nonostante è uno dei migliori giocatori di stecca di Padova. Otto viene dalla vecchia scuola della "Mala del Brenta", è senza dubbio il più accomodante tra questi distinti signori. Cerca sempre il dialogo, quando è possibile, se poi non si riesce a trovare una soluzione beh, allora a quel punto ti ammazza e ti seppellisce lungo gli argini del Brenta. Otto ha in mano la parte dell'usura e delle estorsioni per la zona di Padova. Dimenticavo il cinese, lui gestisce un traffico di cibi rigenerati. Compra stock di alimenti scaduti, gli dà una ripulita, cambia l'etichetta e il gioco è fatto. Merda di primissima qualità servita fresca fresca in tavola.

E poi ci sono io, e cioè la persona che sta tenendo tutti questi stronzi sotto tiro. La Glock .45 silenziata è la mia per fortuna. Con un po' di culo quest'arma potrebbe salvarmi la vita, ecco perché la tengo ben stretta. Ho appena derubato questi "signori" di circa trecentomila euro e mi sembra di capire che non l'hanno presa molto bene. Che poi rubare non è proprio il termine adatto dato che, dal mio punto di vista, non ho fatto altro che riprendermi ciò che mi spettava di diritto.

Questi bastardi pseudo mafiosi del cazzo mi hanno soffiato il frutto di una rapina, e solo perché in teoria l'avevo fatta nel loro territorio senza chiedere il permesso. Quindi ora, dopo averci ragionato un po' ed essere arrivato alla conclusione che quel denaro era mio, mi sto riprendendo quello che mi spettava, con un po' di interessi. Sono entrato in questa specie di bisca clandestina in pieno centro a Padova con la scusa di proporre ai tre un affare e siamo arrivati a questo punto.

Ora rimane solo da stabilire come uscirò da questa merda, se mai ci uscirò. In strada ci sono sempre almeno due loro scagnozzi formato armadio quindi ho solo un paio di alternative: ammazzare queste tre merde ed uscirmene facendo finta di nulla oppure prendere un ostaggio e bloccare i bestioni con le minacce.

Qualunque cosa decida di fare devo sbrigarmi perché qui la situazione è decisamente calda. "Otto in buca centrale" mi guarda come un buon padre di famiglia, del resto ha circa una sessantina di anni e di queste situazioni deve averne vissute parecchie.

«Figliolo, puoi ancora venirne fuori vivo. Basta che abbassi il ferro e ci restituisci tutto il grano. Noi dimentichiamo, tu cambi città e siamo tutti felici».

«Sei generoso Otto, lo dico sul serio. Ma sei l'unico qui dentro che ha ancora un codice morale. Questi due extra del cazzo non credo la pensino come te. Se adesso la pistola sono un uomo morto. Quindi ora me ne vado e voi ve ne state buoni per una decina di minuti».

Il Serbo mi guarda con i suoi occhi vitrei. Mi sento gelare il sangue. Sta pensando a qualcosa, sicuro. Devo uscire adesso e devo mettere in chiaro chi comanda una volta per tutte.

«Tu, Ilie, fai un passo avanti e mettiti in ginocchio. Subito!».

Il bestione non si muove di un passo, anzi sorride sfidandomi. Sta andando tutto a puttane.

«Ti ho detto di fare un passo avanti!».

Niente. Lo stronzo non si muove. Ora anche i suoi compari cominciano a capire il bluff. Nei loro occhi inizio a vedere il guizzo dello sguardo omicida. Con persone di questo tipo non si scherza, non ho più tempo. Penso al più pericoloso dei tre. Sicuramente Ilie.

Tudd! Tudd!

La pancia del serbo prima sussulta, poi esplode. La parete alle sue spalle si colora di migliaia di puntini rossi. Il bestione cade prima in ginocchio, poi, dopo qualche secondo, pianta la faccia a terra. Uno a zero per me.

Il Pompelmo con gli occhi a mandorla comincia visibilmente a sudare. Anche Otto sembra piuttosto preoccupato. Ho ripreso di nuovo la situazione in mano, almeno per il momento. Mi rivolgo al malavitoso padovano: «Non ti uccido solo perché sei l'unico che rispetto. Adesso me ne vado e voi non avviserete i vostri scagnozzi qui fuori. Sono stato chiaro?».

Otto sorride.

«Adesso ti rispetto anche io. Ti concedo dieci minuti per scappare, poi chiamerò i miei ragazzi. Ti farò cercare, torturare e uccidere. Però questi dieci minuti te li sei meritati. Ti auguro di farcela».

«Grazie Otto. Sono sicuro che rispetterai il tempo che mi hai concesso. Fammi solo il favore di tenere buono questo cazzo di cinese mentre me ne vado».

Non c'è altro da dire. Giro sui tacchi e comincio a salire le scale che riportano al piano terra. Arrivo al portone, lo apro e vengo accolto dal sole accecante di giugno. Sono in strada. A qualche metro da me i tirapiedi dei personaggi che ho appena lasciato. Mi fanno un cenno di saluto. Contraccambio e guardo l'ora: nove minuti per sparire.

Sono in via San Francesco e devo muovermi. Per scelta non ho alcun mezzo, sono venuto a piedi. Me ne voglio andare con i mezzi pubblici, confondermi con la folla. Ho uno scooter che mi aspetta al capolinea del tram, alla Guizza, con quello tenterò di arrivare a Ferrara. Lì mi aspetta un amico che mi darà un passaggio in macchina fino a Firenze. Rimarrò nascosto per qualche settimana dopodiché proverò a raggiungere la Francia in treno. Se sarò ancora vivo a quel punto prenderò un aereo per Dublino dove con un po' di fortuna aprirò un pub e troverò una donna da portarmi a letto. Un piano perfetto, direi.

C'è soltanto un piccolo dettaglio: sono in via San Francesco e mi rimangono solo sette minuti e mezzo. Ok, a destra, poi dritto, poi ancora a destra. Passerò per la basilica di Sant'Antonio, quindi attraverso Prato della Valle, fino alla fermata del tram. Ne passa uno ogni cinque minuti. Ho deciso questo percorso perché oggi è il 13 giugno e a Padova si festeggia il santo patrono, Sant'Antonio o, più semplicemente, il Santo. Facendo questo tragitto dovrei trovare moltissima gente e questo dovrebbe permettermi di non dare troppo nell'occhio. Stringo nella mano destra una ventiquattrore con all'interno trecentomila euro, particolare che mi regala un fottuto conforto. Sono quasi in fondo alla via. Mancano meno di cinque minuti. Svolto a destra e vedo il retro della Basilica. Bene, avanti ancora. La strada comincia ad affollarsi di gente. Fa un caldo assurdo. Tre minuti. Sono davanti alla chiesa. Vedo in fondo Prato della valle. Accelero il passo, la grande piazza comincia a prendere forma. Tempo scaduto, merda. Tempo scaduto. Non mi rimane che attraversare la piazza e il gioco di prestigio è completo. Ricomincio a camminare ma dopo qualche passo mi fermo.

Un gruppo di tre persone si avvicina nella mia direzione. Sembrano dell'est e non hanno l'aria di voler festeggiare il 13 giugno. La cosa che più mi preoccupa è il fatto che continuano a guardarsi attorno. Faccio una panoramica pure io: a destra tutto ok, a sinistra due ragazzi con gli occhi a mandorla. Potrebbe essere una coincidenza? Forse sì, ma forse anche no. Se mi infilo a destra torno verso il centro. Non lo so. Sembra che non mi abbiano ancora visto e del resto sono in mezzo a un gruppo di turisti tedeschi. Devo tornare indietro, non posso rischiare. Camminando rapidamente raggiungo i portici e torno verso la basilica. Giunto nella piazza mi fermo per fare il punto della situazione. Dietro non vedo nessuno ma a sinistra sì. Cazzo.

Riconosco Franco e Franchino, due noti picchiatori inseriti nel libro paga di Otto. Si guardano in giro, appoggiandosi alla prima colonna del portico di via Del Santo. Adesso sono veramente nella merda e la camicia hawaiiana che indosso certo non mi aiuta. Fanculo anche alle mie manie anni '70.

La Basilica del Santo, non mi rimane altra alternativa. Entrare e pregare (in tutti i sensi) che mi cerchino da un'altra parte. All'interno della Basilica la temperatura è decisamente migliore. Ci sono moltissime persone e dovrei riuscire a confondermi piuttosto facilmente. Cerco una posizione che mi consenta di controllare la porta principale e aspetto. Tre minuti. Cinque minuti. Sono passati dieci minuti ormai e non ho ancora visto movimenti sospetti. Il cuore ha cominciato a rallentare. C'è stato un attimo in cui pensavo scoppiasse. Bene, un'altra mezz'ora dopodiché andrò a controllare... Cazzo! Franco e Franchino. Sono fottuto! Guardo a destra e a sinistra, come un animale in trappola. Ecco che arriva l'idea: il confessionale! Ne vedo uno libero e ci entro. Un paio di istanti per prendere il fiato e una voce all'improvviso mi fa quasi urlare di paura.

«Nel nome del Padre, del Figlio e dello Spirito Santo».

«Cosa?!?!».

«Dimmi figliolo».

«Prego?».

«Sei qui per confessarti a Dio, dimmi, apri il tuo cuore».

«Beh, ecco, veramente avrei semplicemente bisogno di rimanere solo per un po'...».

«Bene, allora esci e vai a pregare sui banchi. Prego, gentilmente».

«No, Padre, lei non capisce. Io ho un grosso problema, ho bisogno di rimanere qui».

«Allora dimmi del tuo problema, figlio mio».

«Non posso Padre».

«Certo che puoi, il Signore ti ascolta. Ma se non te la senti esci pure».

«Ok, ok. Delle persone mi stanno cercando e se mi prendono mi faranno molto, e sottolineo molto, male. Capisce ora?».

«Certo, figlio mio. Se vuoi posso chiedere aiuto alle forze dell'ordine».

«No Padre, grazie. La polizia probabilmente non mi aiuterebbe, anzi».

«Parla al Signore. Racconta cos'è successo».

«Ho appena ammazzato un uomo, ecco cos'è

successo. Gli ho sparato e ho rubato a lui e a dei suoi amici dei soldi, molti soldi. Le persone che mi cercano sono amici, chiamiamoli così, di quell'uomo. Vogliono uccidermi e riprendersi i soldi».

«Un brutto guaio».

«Io userei altre parole, ma comunque sì, proprio un brutto guaio».

«Ma forse il Signore ti può aiutare».

«Il Signore dispone forse di un esercito armato?».

«Non burlarti del Signore, figliolo».

«Mi scusi Padre».

«Dicevo, dovresti liberarti del denaro che in questo momento è come il Demonio. Ti ha portato solo guai. Liberati del denaro e Dio ti aiuterà».

«Non capisco, mi scusi».

«Fai una donazione al Santo: qui, adesso, subito. Dona i tuoi soldi e potrebbe esserci un miracolo. Quanti soldi sono, figliolo?».

«Sono trecentomila euro, ma mi vorrebbe dire che se io le lasciassi i soldi adesso, lei potrebbe fare in modo di farmi uscire da qui?».

«Bravo figliolo. Pensa a tutti i bambini che potresti sfamare, ai vecchi che potresti curare. Pensa a tutto il bene che potresti fare!».

«A me suona come un ricatto bello e buono, con tutto il rispetto».

«Pensa figliolo, pensa se quella gente ti trovasse, perderesti il vile denaro e anche la tua preziosa vita».

«Così, Padre, in questo modo perderei solo il vile denaro. Giusto?».

«Bravo».

«Non ci posso credere».

«Le vie del Signore possono essere misteriose».

«E se le dicessi di no?».

«Allora ti assolverei per i tuoi peccati e ti inviterei ad andare a pregare fuori da questo confessionale figliolo».

«Mentre se le consegno la valigetta?».

«Attendi qui cinque minuti, il Signore trasformerà la tua cupa giornata in una giornata di gaudio».

«E va bene. Ma con trecento mila euro non voglio solo uscire da qui. Voglio anche un posto dove stare, visto che non mi rimane più niente».

«Passami la valigetta, benedetto dal Signore. Passami la valigetta e attendi qui. Nel mentre prega e le tue preghiere verranno ascoltate».

A malincuore allungo la mano con i soldi verso l'esterno. In un attimo sento la valigetta sparire. Addio Dublino, addio donne, addio sogni di gloria. Derubato e ricattato da un prete, chi lo avrebbe mai detto? Spero almeno che mi faccia uscire sul serio da questo casino. Ormai sono passati quasi cinque minuti. Una mano entra rapida nel confessionale e lascia cadere un abito nero da prete. Subito dopo la voce del Padre.

«Indossa questo figliolo e seguimi in silenzio. In sagrestia troverai un mio collega. Partirete in macchina assieme, dal retro della basilica. Ti porterà in un monastero in provincia di Verona. Lì potrai fermarti per quanto tempo vorrai, senza alcun limite. Avrai una stanza, un letto, del cibo e tutto il tempo di ringraziare il Signore per la possibilità di redenzione che ti ha offerto oggi. Ricordati che è un monastero, non un albergo: potrai fermarti per tutto il tempo che vorrai, ma una volta uscito, beh, non potrai più rientrare. Questa è l'unica regola e che Dio ti benedica!».

«Un suo collega?» chiedo sottovoce sbalordito. «Ma cos'è, un'associazione a delinquere?».

«No figlio mio, non devi dire certe cose. Questo è semplicemente un miracolo, il Santo sta compiendo un miracolo».

Mi infilo velocemente la tonaca e con fatica sistemo il colletto. Il confessionale è molto stretto e caldo. Cerco di raccogliere i capelli alla meno peggio e, prima di uscire, mi ritrovo a pregare veramente.

«Sei pronto?» dice la voce dall'altra parte.

«Pronto» rispondo.

Usciamo e finalmente vedo la faccia del mio interlocutore: sulla cinquantina, capelli radi e rossicci, faccia gioviale. Mi osserva e accenna un sorriso.

«Seguimi e tieni la testa bassa» mi dice sotto voce.

E così partiamo, facendo uno slalom infinito fra una marea di fedeli e turisti accaldati. Siamo quasi all'altezza dell'altare principale, sul corridoio di sinistra, quando, alzando appena gli occhi, vedo la schiena enorme di Franchino. Ha le mani appoggiate sui fianchi e continua a guardare in giro. È immobile a qualche passo da noi e ci stiamo finendo proprio addosso. Troppo tardi per avvisare la mia guida. Sento il sudore correre lungo la schiena, mentre continuo inesorabilmente ad avvicinarmi fino ad arrivare al suo fianco. Quando lo supero rimango in attesa di una coltellata alla schiena a ogni passo che faccio. Invece non succede nulla e continuiamo a camminare fino a raggiungere il retro dell'altare. Da lì, tramite una piccola porta, spariamo definitivamente dagli occhi di tutti. Il prete mi appoggia una mano sulla spalla e mentre accende la luce di una piccola sala, mi sorride.

«Il miracolo è compiuto» dice infine.

Io lo osservo quasi divertito: «Allora adesso sono un miracolato?» chiedo con un mezzo sorriso.

«No, non tu» ribatte lui. «I bambini che da domani avranno di nuovo cibo di cui sfamarsi, tutti gli anziani indigenti che aspettavano un piatto caldo e un posto in cui stare. Per loro il Santo ha fatto il miracolo, non per te. Tu e io siamo solo i mezzi di cui si è servito. E adesso che anche la tua parte è terminata, puoi andare».

Mentre rifletto sulle sue parole mi accompagna attraverso la stanza fino a giungere a un'altra porta. Quando la spalanca un sole accecante mi accoglie. Nel bagliore di quella luce riesco a scorgere un altro prete e un minivan Mercedes nero con vetri neri.

«Addio, figliolo, ora vai» mi dice quello strano confessore.

Mi giro e lo guardo in faccia.

«Senza offesa» gli dico, «ma questo Sant'Antonio mi sembra un santo abbastanza pulp».

«È un santo moderno che sa stare al passo con i tempi» mi risponde lui rientrando in chiesa.

Faccio qualche passo e mi accomodo nel fresco del minivan.

L'altro frate entra e accende il motore. Tempo un minuto e usciamo dal cortile per attraversare la piazza davanti alla Basilica. Nella moltitudine di persone per un attimo riesco a riconoscere Franchino. È al telefono e non ha una bella espressione. Sorrido, mentre lo oltrepasso a solo qualche metro di distanza. Lui sta guardando proprio nella mia direzione, i nostri sguardi sembrano incrociarsi, ma i vetri oscurati fanno bene il loro lavoro. Mi metto comodo e chiudo gli occhi.

«Anche questa macchina offerta dei fedeli?» chiedo al mio autista con gli occhi chiusi e mentre uno strano torpore si impadronisce del mio corpo.

«Una donazione anonima» mi risponde lui, «un vero e proprio miracolo».

***

È proprio vero quando si dice che di questi tempi non ci si può più fidare di nessuno. Non me ne vogliano i credenti di ogni fede, per carità, questo racconto è solo un modo come un altro per dire che in fondo siamo tutti esseri umani e che, a modo suo, Sant'Antonio ha fatto il miracolo, anche se non si sa a chi…

Bene, signore e signori, immagino che la maggior parte di voi abbia la patente. Di conseguenza suppongo che per fare l'esame di guida abbiate dovuto prima esercitarvi con un istruttore. Allora sappiate che Valentina (non la zoppa... questa è un'altra!) è alla sua seconda lezione di guida, ma al suo fianco ha una persona molto particolare. Lui si chiama Antonello Brustegon e per loro due, oggi sarà una lezione di vita, più che di guida. Girate la chiave e ingranate la prima, comincia "Scuola guida"...

SCUOLA GUIDA

«E spingi su quel cazzo di acceleratore! Dai, dai!».

«Ho paura, è solo la seconda lezione di guida!».

«Corri cazzo, ci sono quasi addosso!».

Lo specchietto di destra esplode in una nuvola di schegge di vetro e frantumi di plastica. Assieme a lui dà il suo addio al mondo degli accessori anche un suo gemello montato su una incolpevole auto in sosta, forse una vecchia Alfa 75.

La Grande Punto bianca sfreccia a quasi 100 all'ora attraverso via Raggio di sole. Sul cofano anteriore e attaccate al baule, due scritte decisamente significative: "SCUOLA GUIDA". Dietro a loro, come in un film, una vecchia Saab nera con quattro tizi a bordo.

«C'è uno stop! Più avanti c'è uno stop!».

Valentina grida, piange e guida. Decisamente, per lei, oggi è quella che si potrebbe definire una giornata non positiva. Meglio dire una giornata di merda. Merda densa e fumante.

Seduto al suo fianco, nell'auto della scuola guida, c'è tale Antonello Brustegon, noto tossicodipendente della vecchia guardia soprannominato dai suoi compari "il principe" per il modo di riprendersi con dignità quasi regale da ogni tipologia di overdose esistente.

Tirando due somme: una giornata di merda per Valentina e vita di merda per Brustegon. Una coppia vincente.

«Salta lo stop. Non ti fermare, vai, vai!».

Lui le urla a cinque centimetri dal viso. Schizzi di saliva bagnano le guance della ragazza, mentre la siringa che il principe tiene in mano si avvicina pericolosamente al suo collo. Valentina, disperata, chiude gli occhi e preme sull'acceleratore. E pensare che fino a cinque minuti prima se ne stava tranquilla in macchina ad aspettare che il suo istruttore di guida finisse di pisciare nel cesso di un bar di Città Giardino. Poi, in un attimo, le piomba in macchina quel tossico di merda e tutto va a in malora. Quel figlio di puttana dagli occhi stralunati che le punta una siringa addosso e le grida di partire e, a coronare quel simpatico quadretto, ci sono poi i quattro tizi dietro di loro sicuramente pronti a tutto pur di mettere le mani sul Principe.

La Grande Punto bianca salta in pieno lo stop ed entra come una meteora in via Citolo da Perugia. Valentina non tocca nemmeno i freni. Per un attimo intravede il muso di un auto che sembra voler entrare, senza chiedere permesso, dalla porta dove è seduto il Brustegon. È questione di un istante e l'auto sparisce dietro di loro in una frenata fragorosa. La Saab che li segue, non si fa intimorire e salta pure lei lo stop. Salva.

«Corri puttana! Ce li abbiamo ancora dietro!».

Valentina affronta una curva secca a destra come se un domani per lei non esistesse. Appena la strada torna a farsi diritta preme di nuovo sull'acceleratore e senza mai mollare la presa, centra un dosso a tutta birra. La macchina sembra urlare di dolore, quando. gli ammortizzatori con quattro colpi secchi arrivano a fine corsa, ed oltre.

«Spero che uno di questi affari ti entri sparato nel culo e ti esca dalla gola» pensa dentro di sé, mentre si prepara ad affrontare una doppia curva veloce e poi di nuovo un rettilineo che si conclude con una curva a novanta gradi che porta verso Piazza Mazzini. Eccola, un angolo retto, cieco a destra. La ragazza si pianta sui freni e sterza tutto. Il principe bestemmia atterrito, mentre una Panda parcheggiata a lato della strada si avvicina sempre di più. All'ultimo momento la Grande Punto riprende aderenza e comincia a sterzare. L'impatto fra le due auto è tutto sommato morbido. Fiancata su fiancata. Un modo simpatico e originale per scambiarsi i rispettivi colori della carrozzeria e disintegrare un'altra coppia di incolpevoli specchietti. Nemmeno il tempo di riprendere fiato e la Saab con a bordo i loro inseguitori gli piomba addosso da dietro. Il lunotto posteriore, i fari, la targa, la scritta "SCUOLA GUIDA", insomma, tutto diventa un ricordo lontano di un'auto felice.

Valentina, sballottata nell'abitacolo, torna istintivamente a pestare sull'acceleratore e con un salto in avanti la macchina riprende velocità. Il principe adesso ha l'espressione un po' provata ma trova comunque la forza per urlarle «Troia, ti ammazzo! Corri o *te spuncio*!».

Una curva a sinistra ed ecco il grande e trafficato incrocio di Piazza Mazzini. Ferme al semaforo un paio di auto, in attesa del verde.

«Vai, vai!» le urla lui.

E Valentina va, fra le lacrime che le offuscano la vista e un singhiozzo che la scuote. Il botto questa volta è paragonabile a quello di una bomba atomica. La macchina compie un paio di giri su se stessa, prima di fermarsi in una nuvola di fumo al centro strada. Mentre gli airbag si sgonfiano, i due all'interno dell'abitacolo cominciano a muoversi. La voce di lei è quasi un sibilo

«Sei contento brutto figlio di una grande troia? Va bene così?».

«Adesso ti ammazzo sul serio» gli risponde lui con la voce impastata.

Poi la Saab scura si ferma davanti di loro.

«Metti in moto, metti in moto!».

Valentina a stento sorride: «E cosa metto in moto, il mio culo?! Non vedi che non c'è più niente dopo il cruscotto?!».

Quattro loschi figuri smontano dalla Saab. Tre sono armati di pistola. I primi curiosi accorsi nel luogo dell'incidente capiscono che non è giornata e si danno alla macchia. Il principe, pallido in volto, prova ad aprire la porta senza risultato. Valentina prova la sua. Si apre. Riesce a uscire un attimo prima di sentire i primi spari.

«Addio fallito di merda» pensa fra sé e sé, mentre rotola sull'asfalto.

Passato il rumore degli spari, lentamente si rimette in piedi e osserva la scena. Della macchina non rimane che un ammasso di lamiere. Il principe è ancora seduto sul sedile. La testa rovesciata all'indietro, gli occhi sbarrati, la maglietta imbrattata di sangue. Tutto attorno sente gridare e rumore di passi veloci, di persone che scappano. Uno dei quattro, grosso come una libreria e con i capelli a spazzola, le si avvicina. Visto da vicino assomiglia a quattro porta libri "Billy" dell'Ikea messi assieme. A ogni modo, la libreria umana alza il braccio e punta la canna di una calibro nove in direzione del suo volto. Valentina adesso non si sente propriamente una coniglietta felice, al massimo una coniglietta piena di merda, ma felice proprio no. Il tempo sembra cristallizzarsi, mentre la ragazza attende di passare a miglior vita in una maniera così schifosa, e per giunta per colpa di un tossico del cazzo! A un tratto sirene, molte sirene e pneumatici che stridono in ogni direzione. Libreria Ikea sembra disorientato sul da farsi.

«*Policia*, *policia*», grida uno dei suoi compari con un marcato accento dell'est.

Billy Ikea adesso non sa proprio cosa fare.

«Ti prego, ti prego» grida Valentina dentro di sé.

Le sirene sono sempre più vicine. Uno dei quattro strattona "Billy l'indeciso" verso l'auto.

«Dai, dai! *Scapa*, *scapa*!».

L'uomo abbassa la pistola e sale in macchina. Un lampo e stanno già sparendo lungo via Giotto. Tre volanti dei carabinieri arrivano un attimo dopo. Due si lanciano all'inseguimento della Saab, una si ferma vicino a quello che rimane della Grande Punto bianca.

I carabinieri scendono armi in pugno.

«Sdraiati, faccia a terra!».

Valentina sorride debolmente.

«State scherzando, spero».

«Faccia a terra ho detto. Subito!».

La ragazza, sbalordita e incredula, si sdraia sull'asfalto. La voce di un altro carabiniere.

«Maresciallo, vuole ridere? In macchina c'è quel cretino di Brustegon. Anzi, c'è quello che rimane di Brustegon, visto che è schiattato».

Il maresciallo si rivolge alla ragazza ancora a terra.

«Chi erano quelli che vi inseguivano? Da chi stavate scappando?».

«E che ne so io? Non c'entro niente con questa storia».

«Ah sì? E cosa ci facevi in macchina con quella porcheria di Brustegon? Una gita forse?».

«Scuola guida, cazzo! Stavo facendo scuola guida e....».

«Scuola guida? Con il principe? Ma non diciamo cazzate. Quella merda manco ce l'aveva la patente! Caricatela in macchina e portatela via».

«No, aspetti. Stavo facendo scuola guida e poi...».

«Si, si... voi tossici ve ne inventate sempre di nuove, schifosi drogati!».

Un agente ammanetta Valentina e la trascina in auto. Lei si dimena inferocita urlando.

«Non c'entro un cazzo! Brutti dementi! Che cazzo volete da me?!».

«Racconterai tutto con calma al magistrato, non preoccuparti».

Il carabiniere scuote la testa, mentre chiude quel che resta della portiera della macchina.

«Scuola guida, ma guarda te che cazzata!».

***

Un futuro da pilota per la Nostra Valentina e un futuro al campo santo per il Brustegon. Abbiamo perso anche lui, dannazione. La conta dei morti sale così a quattro persone. Due tossici, una anoressica aspirante velina e un serbo psicopatico sfruttatore di prostitute. Direi che non c'è male in quanto ad assortimento. La morte decisamente non fa distinzioni. Muoiono tutti, i brutti, i buoni, i belli e pure i cattivi. Diamoci quindi tutti assieme una bella toccata collettiva e proseguiamo con un nuovo racconto.

Questa volta ci trasferiremo in un piccolo paese ai confini fra la provincia di Padova, Verona e Rovigo, dove assisteremo, da muti spettatori, alla tragedia della bassezza umana. Perché a volte, la fortuna, si può trasformare in una fottuta fortuna...

UNA FOTTUTA FORTUNA

Un tuono, un terribile boato e le luci di casa che per un momento vacillarono.

«Vacca boia!».

Dentro alla Tv, a centinaia di chilometri da lì, l'estrazione dei numeri del Superenalotto continuò senza esitazioni.

«25», annunciò una biondina slavata, come se si trattasse dell'attesissima rivelazione del terzo mistero di Fatima.

«11», fece poi come se avesse trovato anche una soluzione definitiva alla fame nel mondo.

«72», disse come se avesse appena avuto un orgasmo.

"Numero jolly...» e con lo sguardo sfilò delicatamente le mutande a tutti i maschietti che la stavano guardando da casa: «90! E così si completa la sestina dei numeri fortunati di questa estrazione. Vi sapremo dire tra qualche minuto se i settanta milioni del montepremi sono stati finalmente assegnati».

«Vacca boia puttana!».

Un lampo di luce illuminò la stanza a giorno, mentre folate di pioggia fecero scricchiolare le finestre. Poi un altro tuono squarciò il silenzio e coprì ogni rumore. Le luci del salotto si affievolirono, poi ripresero potenza, tornarono nuovamente ad affievolirsi, dopodiché fu il buio più totale.

«Vacca boia!».

Il mattino seguente il piccolo paese di Masi, un manipolo di persone disperse nella bassa padovana ai confini fra le provincie di Padova, Rovigo e Verona, si presentò al mondo con le parvenze di un campo di battaglia. La tromba d'aria della notte precedente aveva avuto la brillante idea di passarci proprio sopra. Non attraverso gli sconfinati campi di granturco che si estendevano rigogliosi in ogni direzione a perdita d'occhio, no, aveva proprio attraversato il piccolo paesino scoperchiando case e facendo cadere interi alberi su tetti e automobili in sosta. Ma, mentre le forze della natura si concentravano per fare un mazzo tanto al paesino di Masi, un cittadino di quella piccola comunità si apprestava a divenire uno dei milionari più facoltosi e invidiati d'Italia.

Il blackout della notte precedente si era protratto fino a mattina e, vista la situazione, gli abitanti non si erano minimamente interessati a chi, se e dove fosse stato vinto il primo premio del superenalotto. La notizia venne alla ribalta solo a pomeriggio inoltrato, quando qualcuno al bar del paese notò il titolo a caratteri cubitali stampato nella seconda pagina del Mattino di Padova: "La fortuna bacia il paese di Masi".

«Fortuna?» disse ad alta voce il lettore allibito. «Fortuna un *casso*! Una tromba d'aria ha *spassato* via il paese e 'sto coglione di giornalista viene a parlare di fortuna!».

Smaltita l'incazzatura, però, nella testa del sessantenne Mario Erle cominciò a insinuarsi una domanda: chi mai aveva potuto vincere quella scarrettata di soldi? Non riuscì a darsi una risposta e questo tornò a farlo incazzare. Ne parlò allora con la Antonia, sciatta donna anche lei verso i sessanta e titolare di quello sciatto ritrovo di paese. La donna, dopo aver tracannato un bicchiere di Merlot ed essersi pulita i baffi con il dorso della mano, indugiò ancora qualche istante prima di rispondere.

«Chiunque sia il bastardo non se li merita tutti quei soldi. Tu hai perso metà delle tue vacche questa notte. Io non ho più il tetto della casa. Alla Iole è caduto un albero diritto sul tetto della sua nuova Fiat seicento e gliela ha divisa in due! Tutti abbiamo perso qualcosa e questa merda ha guadagnato settanta milioni di euro. Spero che almeno li spenda tutti in medicine! Dovrebbe dividerli con noi, ecco cosa dovrebbe fare».

Mario Erle ragionò sulle parole della donna e concluse che alla fine aveva proprio ragione. Nei giorni seguenti il sentimento dei due contagiò un po' tutti gli avventori del bar e anche una discreta parte del paese. Assieme all'inattesa ondata di odio si fece strada pure la diffidenza: ogni abitante di Masi, infatti, pensa di conoscere il nome del fortunato vincitore. Bastava un nulla per scatenare le più fervide fantasie popolari.

«Antonio ha già cominciato a ricostruire la stalla, vuol dire che ha i soldi: è lui!».

«Ho visto Sergio questa mattina davanti a un concessionario di auto: è lui!»

Ovviamente l'ottusità delle persone non le portò a chiedersi se il povero Antonio potesse aver messo da parte nell'arco di una vita intera di lavoro un piccolo gruzzolo per ogni evenienza, oppure se Sergio, dopo che la tromba d'aria gli aveva distrutto la macchina, fra le altre cose assicurata, adesso avesse l'esigenza di acquistarne un'altra.

Nessuno comunque sospettò del povero Folco fino a quando una sera al bar pagò da bere a tutti i presenti. Ben inteso che non fece alcun tipo di annuncio. Si limitò solamente a pagare, ma questo bastò a scatenare le occhiate prima perplesse e poi maligne di tutti i presenti. Folco abitava in una casa singola appena fuori Masi. Viveva in quel posto da sempre e dal paese praticamente non si era mai allontanato. Il padre era morto una decina di anni prima, raggiunto un paio d'anni più tardi dalla moglie.

A quel punto lui si era ritrovato da solo. Nato e cresciuto con un ritardo mentale che gli consentiva a mala pena di essere auto sufficiente, Folco era solito andare al bar ogni sera, dopo cena, per farsi un paio di Nardini bianche. Normalmente non intratteneva grandi relazioni sociali. Un po' perché non riusciva ad afferrare bene tutte le parole degli altri avventori, un po', anzi, soprattutto, perché veniva considerato dagli altri poco più di un soprammobile.

"Folco l'ebete" era uno dei soprannomi più usati in paese, ma la Antonia, la titolare del bar, amava chiamarlo più semplicemente, e con vero senso materno, "*el mongolo*".

Se tutto andava bene qualcuno lo salutava, altrimenti gli venivano rivolte le solite battute ignoranti o, peggio, era vittima di scherzi atroci da bar sport, uno tra tutti quello della Nardini gialla, e cioè Nardini corretta piscio. Solitamente se ne incaricava l'Erle. Per lui era uno spasso andare in bagno con il bicchiere appena passato dalla Antonia. Un quarto di pisciata nella turca, una buona metà abbondante sul muro davanti a lui e sulle scarpe e le gocce finali, le più saporite, nel bicchiere del buon Folco. E via così, tutti a ridere tra sessantenni buontemponi e il Folco che molte volte vomitava anche la comunione della domenica mentre tornava a casa barcollando. Ma dopo quella bevuta gratis, e dopo che Folco aveva imboccato la via di casa, nel bar era calato uno strano silenzio. Il gruppo capitanato da Mario Erle, si era riunito attorno ad un tavolo appartato nella sala biliardi dove era rimasto ben oltre l'orario di chiusura. La Antonia, dopo aver abbassato la saracinesca li aveva raggiunti, portando in tavola una bottiglia di Prugna.

«*Casso*, ma secondo voi può averli vinti e*l mongolo* tutti quei *schei*?»

Gli uomini smisero di parlare.

Erle si versò un bicchiere del liquore appena messo in tavola e lo tracannò avidamente.

«Ne abbiamo parlato finora. Secondo noi li ha vinti proprio lui. L'ebete, a casa, deve avere una schedina da settanta stramaledetti milioni di euro».

Qualcuno bestemmiò. La Antonia si associò a quel qualcuno, superandolo però di dieci lunghezze, per quanto riguardava la fantasia degli aggettivi.

«*Copemolo*» sussurrò uno dei presenti a denti stretti.

«Si, *vaca dine*, *copemolo*» si affrettò ad aggiungere un suo compare.

La bottiglia di Prugna andò rapidamente a esaurirsi.

Mario Erle fece stare zitti tutti con un pugno sul tavolo, quindi osservò la Antonia.

«Tu lo faresti?».

La donna rispose di «Sì» come se si trattasse di decidere se andare o meno alla festa dell'Unità del paese.

«Bene, allora siamo tutti. Otto persone, otto parti dei *schei*. Ma lo faremo assieme. Il primo che parla di questa storia finisce cadavere con l'ebete dentro al letamaio che ho dietro casa. È chiaro signori?».

Ci fu un sì collettivo. Antonia portò in tavola un altro paio di bottiglie di Prugna, dopodiché, con le menti stordite dall'alcool, il simpatico gruppo di allegri buontemponi, cominciò a elaborare un piano d'azione. Si ritrovarono tutti a concordare che la cosa dovesse essere fatta in tempi molto brevi. La paura che Folco andasse da qualche parte cercando di incassare la schedina, era la prima priorità che avevano. Fu così che quando Primo Borgato, di professione coltivatore diretto, ventilò l'idea che il tagliando vincente fosse già all'incasso, si scatenò il panico.

«E allora facciamo questa notte, orco diavolo» disse Marino Maschio, di professione escavatorista e con il grande sogno nel cassetto di comprare una bella villa a Sottomarina. Un coro di approvazione si sollevò dal tavolo "carbonaro".

«Va bene» intervenne l'Erle. «*Copemolo 'sta* notte. Tanto no cambia un *casso de niente.* Partiamo tra dieci minuti. Tonia» rivolgendosi alla donna «*porta 'na buttilia da graspa e meti* in conto all'ebete!».

Tutti risero alla battuta. La Antonia, approfittando del momento, strizzò l'occhio a Mario.

«Ce l'ho in magazzino, ma è nello scaffale in alto. Vieni a darmi una mano?».

L'Erle non se lo fece ripetere due volte. I due sparirono dietro a una porta con la targhetta "privato". Tempo qualche secondo e l'uomo aveva già calato i pantaloni fino a coprire i mocassini perennemente infangati. Con fare da perfetto padre padrone girò la donna e le fece appoggiare le mani sul frigo marrone dei gelati Sammontana, una scena provata e ripetuta molte volte. Se quel frigorifero avesse avuto il dono della parola, sarebbe senz'altro divenuto il più grande romanziere di tutti i tempi, genere rigorosamente porno. Le alzò la gonna con violenza e la prese da dietro. Il tutto durò un paio di minuti, fra mugolii della Antonia e imprecazioni di piacere del Mario.

«Non ho nemmeno una salvietta per pulirmela, notò lei mentre si risistemava».

«*Ciapa*, usa questo».

«Ma è il registro dei corrispettivi!».

«Tra un po' non ti servirà più».

«Hai ragione».

La donna aprì il registro e lo fece scivolare fra le gambe un paio di volte.

«Adesso va meglio. Possiamo andare».

Quando tornarono in sala con la bottiglia di grappa nessuno disse nulla, ma ognuno dei presenti, dentro di sé, fece lo stesso pensiero: "tanto domani tocca a me".

Si, perché la Antonia era fatta così. Quando le voglie la assalivano prendeva il primo che le capitava a tiro fra quella disgraziata compagnia e si faceva sbattere sul glorioso frigo dei gelati Sammontana. Ognuno dei presenti faceva finta di non sapere degli altri, ma in realtà erano tutti consapevoli di essere un'allegra comitiva.

«Dai» ruppe il silenzio Mario, «finiamo di bere e andiamo a prenderci quello che è nostro».

Sarebbero entrati in casa di Folco così, senza armi, a mani nude. Un piano spietato nella sua semplicità: entrare, uccidere Folco e prendere la schedina. Punto e fine. L'uomo sarebbe finito dentro il letamaio dell'Erle, con buona pace di tutti. Non sarebbe stato mai più ritrovato, sempre ammesso che qualcuno si fosse preso la briga di cercarlo. Partirono dieci minuti dopo con due macchine. Nemmeno il tempo di fumare una MS ed erano già arrivati nella stradina sterrata che portava a casa di Folco. Nel silenzio della campagna si avvicinarono all'abitazione.

Duilio Barbato, di professione imbianchino, ma con alle spalle qualche anno di galera per furto d'auto, si occupò della vecchia e malandata serratura della porta d'ingresso. In pochi istanti i fantastici otto penetrarono nell'abitazione. Folco, nello stesso momento, dormiva sonni tranquilli nel suo letto al piano superiore. Cominciò a rendersi conto che qualcosa non andava quando fu svegliato, poco dopo, da una luce intermittente gialla puntata in faccia. A tenere in mano quella specie di torcia a intermittenza, di quelle che si comprano dai senegalesi a cinque euro e che si usano per segnalare gli incidenti, Settimo Scalcon, di professione *muraro* da quando aveva dodici anni. Una vita trascorsa fra malta, intonaci, abusi edilizi, vino Merlot e bestemmie usate come punteggiatura. Folco vide prima il viso del muratore, poi, a ogni colpo di intermittenza cominciò a vedere anche tutti gli altri. Tutti riuniti in silenzio attorno al suo letto. Si accorse fra i lampi di luce e buio degli occhi che lo osservavano. Occhi freddi, avidi e bramosi.

«Vacca boia!» disse.

La Antonia lo colpì al volto con la base in ottone di una lampada che aveva trovato appoggiata sul comodino. Il colpo non fu troppo duro, ma sufficiente per ridurgli il naso in poltiglia. L'uomo rimase senza parole. Li aveva ormai riconosciuti tutti e questo aumentò il suo senso di incredulità. Un altro flash di luce, il tempo di vedere Duilio Barbato con un grosso sasso in mano. Un colpo tremendo e un rumore sordo, come di qualcosa che si crepa.

«Vacca boia» rantolò Folco soffocato dal sangue.

Un altro flash, l'ultimo. Mario Erle tiene in mano un pesante posacenere in marmo. Buio. Luce. Il posacenere è piantato al centro della fronte di Folco. È finita. La Antonia accende la luce della camera e tutti assieme osservano quel poveretto. Gli schizzi di sangue disegnano una specie di aureola nel muro posto dietro alla testa del morto. Folco ha il volto deformato, gli occhi sbarrati, ancora increduli. Ucciso, probabilmente senza sapere nemmeno il perché, da quelli che forse considerava i suoi unici amici.

«Duilio, Marino, mettetelo dentro a un sacco nero. Tutti gli altri cerchino la schedina. *'Ndemo zènte*, che non abbiamo tempo da perdere».

Dopo una mezzora di ricerche, alla fine trovarono la schedina sotto il materasso di Folco.

«Eccola» disse la Antonia raggiante. «*Semo* ricchi!».

Ci fu un mormorio di approvazione, pacche sulle spalle, sorrisi, bestemmie di gioia e pure qualche stretta di mano. Finirono di impacchettare il cadavere, e, come deciso in precedenza, il corpo di Folco finì per affondare lentamente fra il letame di Mario Erle. Disbrigata anche quell'ultima rottura di coglioni, quando ormai il campanile di Masi segnava le quattro, tornarono tutti al bar della Antonia per festeggiare e fare il punto della situazione. La schedina girò di mano in mano. Qualcuno arrivò a baciarla, commosso. Giunse anche il turno di Mario, il quale però, dopo averla ammirata per un lungo istante, divenne più pallido di un cadavere albino.

«Fermi tutti!» disse con un ringhio e un'espressione esterrefatta.

«I numeri sono quelli giusti, ma la data...».

«Cos'ha la data?» lo incalzò Duilio.

«25 novembre del 2002».

«Cosa?»

«Evidentemente quel deficiente di Folco pensava che bastasse giocarla una volta. Pensava che questi numeri sarebbero stati validi per sempre. È dal 2002 che controlla sempre la stessa schedina».

Nel bar calò un silenzio irreale. Duilio iniziò a piangere come un bambino, altri bestemmiarono senza ritegno, la Antonia si lasciò cadere a gambe aperte in una sedia di fronte a lei. Lo sconforto di quella notizia durò a lungo, fino a quando Marino Maschio, dopo essersi soffiato il naso e asciugato le lacrime, fece notare ai suoi compagni un'evidenza a cui nessuno di loro aveva ancora pensato.

«I giornali però hanno parlato di un vincitore e noi sappiamo che non è stato il mongolo a vincere».

Ancora silenzio.

La Antonia si rialzò dalla sedia sgranando gli occhi.

«Ma allora ci deve essere qualcun altro in paese che ha la schedina buona e qui, come sappiamo tutti, non siamo in molti a giocare».

Tutti si guardarono. Poi il guardarsi diventò ben presto un osservarsi e l'osservarsi divenne in fine uno sguardo torvo...

***

Povero Folco. Spero che un giorno qualcuno faccia giustizia per lui. La morte di una persona come Folco suscita sempre sentimenti di dolore e rabbia ma, come vi dicevo prima, purtroppo la signora con la falce non fa distinzioni e anche questo, che vi piaccia o no, fa parte del grande carosello della vita. Mi consola solamente il pensiero che prima o poi arriverà il momento di saldare i conti anche per Mario Erle e i suoi sciagurati compagni d'avventura. Mi piacerebbe soffermarmi di più su questa brutta storia, ci sarebbero moltissime considerazioni da fare, molte cose da dire... ma non c'è tempo perché un altra persona attende con ansia di potervi parlare.

Quindi a Folco potrete pensare dopo, con calma, quando tutto questo sarà finito.

Adesso entrerete nella testa di un uomo senza nome e ascolterete in diretta tutti i suoi pensieri. Fate presto, perché a lui di tempo non ne rimane molto, al massimo quello di un paio di canzoni.

L'ULTIMA CANZONE

Ancora un'altra canzone. Un'altra solamente e poi si inizia, lo prometto. Ho bisogno di ascoltare ancora un po' di questa splendida musica. Sono note che scaldano il cuore, una voce che scava nell'animo. E nel mio, c'è molto da scavare...

Fa caldo questa sera. Un caldo di agosto che ti si appiccica addosso e sale, sale fino a soffocarti. Fino a farti pregare perché da questo maledetto cielo cominci a scendere finalmente qualche goccia di pioggia. Ho bisogno di bere ancora. Un'altra birra ghiacciata per provare a spegnere l'incendio che ho dentro, per placare questa sete di vendetta e di amore per la musica. Maledette zanzare. Vi ucciderei tutte se solo potessi. Non smettere Giovanna, ti prego. Non smettere di cantare. Sei l'unica persona che può ritardare, almeno di un po', l'inevitabile. Voci, tutto attorno a me. Qualcuno canta, qualcuno commenta, altri sussurrano qualcosa. Li stai stendendo tutti, piccola. Dai retta a me, ce la farai. Un altro sorso di birra ghiacciata e la penultima Winston. L'ultima la lascerò sul tavolo per lei, per quando avrà finito di cantare.

Allungo la mano sotto la giacca, fino ad accarezzare la Beretta calibro nove. È calda anche lei, come tutti i presenti assiepati sotto a questo torrido giardino estivo. È pronta a fare fuoco, il colpo è già in canna. Sembra non aspettare altro. È pronta a distribuire le pastiglie a base di piombo che cureranno finalmente la mia anima. Quindici colpi per una sola persona e per tutti quelli che proveranno a mettersi di mezzo. Questa sera sarà la fine di tutto, forse anche della mia vita.

Baldoria da un tavolo infondo al giardino. Molta gente, forse un compleanno. Mi dispiace che finisca così, amico mio. Hai scelto una gran brutta serata per festeggiare.

Ancora una canzone, forza. Che io possa trascorrere i miei ultimi quattro minuti in pace. Che possa godere di questa musica prima della mattanza.

Sono un morto, un morto che cammina. Ho bisogno di bere ancora. Ho bisogno di rallentare il mio pensiero, che corre troppo veloce e disegna ricordi troppo dolorosi. Lo scendere dell'alcool è come un leggero anestetico, che molto lentamente fa passare il dolore. Ma l'effetto dura troppo poco, il tempo di una sbronza, di un'altra vomitata in ginocchio sulla tavoletta di un bagno sconosciuto, di una lacrima mentre ti asciughi gli acidi che colano dalla bocca. Sono ridotto uno schifo.

Paff! Questa volta ti ho preso, piccola succhia sangue. Il mio braccio non è il tuo fottuto bancomat personale. Mi sono perso, per un attimo. Forse ho preso sonno per un istante. La Winston si è quasi del tutto consumata, stretta fra le dita ingiallite.

Sono un morto che cammina nel caldo infernale di questa serata d'agosto. La testa ciondola sopra a questo tavolo solitario, immerso in una penombra fatta di una folla di esseri umani. Dietro di me c'è il futuro cadavere, attorniato da una schiera di persone. È sicuramente armato anche lui e probabilmente lo sono anche tutti quelli che lo circondano. Sarà un macello...

Alzo una mano e indico il mio bicchiere vuoto a una cameriera. La testa sembra una girandola impazzita. Meglio così. Lui è il boss del quartiere. Il fottuto, boss del quartiere. L'uomo che mi ha portato via mio figlio quando aveva poco più di sedici anni. E per cosa poi? Perché guidava strafatto di coca, mentre la sua puttana gli mangiava l'uccello finché lui e la sua BMW sfrecciavano fra le vie di Padova. Quanto tempo è passato? È l'unica cosa che ricordo. Tre anni, due mesi e sei giorni. Maledetto clandestino di merda. Perché non te ne sei rimasto a marcire nel tuo paese, assieme alle tue puttane, alla droga, al racket, e ai tuoi tirapiedi di merda? Mi viene da vomitare, vorrei piangere, urlare e bestemmiare Dio. Che tutti, lui compreso, sappiano cosa sto passando.

Ma cosa cambierebbe? A chi potrebbe importare? A nessuno. Invece la cura migliore è la mia pistola con i suoi quindici colpi. Se con i primi dovessi riuscire ad ammazzare la persona che ora sta tranquillamente sorseggiando un drink proprio dietro di me, mi sono ripromesso di dedicare i rimanenti ai tirapiedi ed alle ragazze che sono con lui. Moriranno, o moriremo tutti. Non fa differenza.

Arriva la mia birra, riesco a malapena ad alzare la testa per ringraziare. Comincia l'ultima canzone. Mi sistemo comodo sulla sedia per godermi questa ultima incredibile melodia, mentre la mano continua ad accarezzare la pistola, il mio distributore semi automatico di felicità in pasticche. Il sudore mi cola dalla fronte. Qualche goccia finisce dentro alla birra ghiacciata.

Alzo lo sguardo a osservare Giovanna mentre canta del suo mondo, dei suoi tormenti, delle sue speranze. I nostri sguardi per un momento si incrociano. Sembra mi sorrida e contraccambio. Aspetterò la fine della canzone per rispetto all'unica persona che questa sera lo merita. Da quanto tempo non vado a casa? Non lo ricordo. Come non ricordo cosa ho fatto in questi ultimi giorni. È tutto così confuso. Un mix di alcool, pastiglie, sensazioni, ricordi e allucinazioni.

Lo psicologo a cui mi avevano affidato, alla fine ha mollato l'osso. Lo ha fatto con dignità, dicendo che stavo bene. Ma in fondo lo sapeva anche lui che era una battaglia persa in partenza e non aveva tempo da perdere con una persona come me. Diceva che non riuscivo ad accettare la realtà dei fatti. Che ci provi lui allora ad accettare la mia fottuta realtà dei fatti. Sarebbe stata una discesa senza freni, a tutta velocità, a occhi chiusi. E così è stato.

Questa sera, finalmente, sono arrivato questa lunga discesa si concluderà. Vivo (per modo di dire) solo per portare a termine la mia impresa. Sarà un maledetto casino fatto di sangue, di odore di polvere da sparo e di carne bruciata. Sarà gente che urla e che scappa in preda al terrore. Fatelo velocemente e pregate che riesca a concentrare tutti i colpi sul tavolo dietro di me. Scappate veloci, in tutte le direzioni, ovunque possibile, purché lontano dalla mia pistola. Vi prego.

Un altro sorso di birra. L'ultimo. Lungo. Fresco. Definitivo. E se dovessi salvarmi? Se in qualche modo dovessi venirne fuori vivo? Probabilmente morirei fra qualche mese nei cessi di un locale qualsiasi, o forse nelle panchine di una stazione o di qualche parco. No. Non può, non deve essere una fine così schifosa e miserabile.

Spero allora di morire qui, questa sera, o di pagare per quello che sto per fare crepando in un carcere. Si, farò così. Quando tutto sarà finito, se sarò ancora in piedi, butterò la pistola e aspetterò che vengano a prendermi. Sono così vigliacco da non riuscire nemmeno a suicidarmi. Piantarmi la pistola in bocca e farmi saltare la testa. Ecco, così dovrebbe finire, ma non ce la faccio. Però posso sempre provarci, cazzo. Ci proverò comunque. Aprirò la bocca e ci ficcherò dentro tutta la canna della mia Beretta. Chiuderò gli occhi e ci proverò. Ma adesso basta con questi pensieri. Ci siamo quasi. Ferma questa girandola impazzita di colori e musica e comincia a prepararti.

Il mio completo buono. Lo indosso questa sera. Un abito scuro, lo stesso che usavo tempo fa per andare dai clienti importanti. Adesso è pieno di pieghe, sporco e puzza del sudore stantio. Troppi giorni senza una doccia. Perché ci penso ora? Forse perché è lo stesso che indossavo il giorno in cui, a tutta velocità, sono arrivato in pronto soccorso... troppo tardi. Mio figlio è morto da solo, come un cane. Mai io ce l'ho messa tutta, ho corso più che potevo, devi credermi Marco. Papà ce l'ha messa davvero tutta.

"Un blocco che esilia uno da se stesso, l'hai mai provato? Un blocco che esilia uno da se stesso, l'hai mai provato?"

Basta, ti prego, Giovanna. Questa frase è carica di un dolore troppo grande, per me ormai insopportabile. È proprio il mio esilio che mi ha portato qui questa sera. È tutto così confuso. È un miracolo che mi abbiano fatto entrare in questo posto. Però mi hanno tenuto d'occhio, me ne sono accorto, per via del mio aspetto e perché sono arrivato che ero già sbronzo. Avete fatto bene a pensare che avrei potuto piantare delle grane, perché è proprio quello che sta per succedere. Continuo a sudare, gli occhi mi si chiudono e la testa scivola in avanti.

Ombre affollano la mia mente. Voci, urla, frammenti di immagini. Tutto si mescola in un carosello folle di un film che si ripete all'infinito. La musica che continuo a percepire è l'unica ancora che mi tiene aggrappato a questa merdosa realtà.

"Forza! Forza! Sei alla fine del viaggio, novello cavaliere solitario. Non mollare adesso. Stringi i denti e fra qualche istante sarà finalmente tutto finito".

Tu cosa dici Gio'? Posso chiamarti così? Io sono pronto, tu a che punto sei? Direi che ci siamo, siamo alla fine dell'ultima canzone. Sei stata grande, come sempre del resto.

Con un ultimo, ipnotico ritornello, Giovanna Lubjan sta chiedendo al pubblico se secondo noi è radiofonica.

"Secondo voi, sono radiofonica? voi, sono radiofonica? Secondo voi, sono radiofonica? Secondo voi, sono radiofonica? Secondo voi, sono radiofonica? Secondo voi, sono radiofonica?"

Sento il rumore della mia sedia mentre cade a terra. Sento le ossa scricchiolare stanche mentre mi alzo di scatto e mi volto con l'arma spianata. Sento le prime urla. Vedo al centro del mirino gli occhi dell'uomo che sto per ammazzare.

Sì Giovanna, secondo me sei radiofonica.

Bam! Bam! Bam!

***

Io abito a Padova ed immaginarmi di essere da Claudio, al Francis Drake di Montà (se mi cercate mi trovate lì) e ritrovarmi con un tizio che all'improvviso si alza di scatto e comincia a sparare all'impazzata, beh, mi suona difficile da credere. Eppure... Pensiamo a Mario Erle e ai suoi compagni di merende. Solo il frutto di una nera fantasia? Purtroppo è la vita stessa che da lo spunto a questi racconti, mai il contrario. I nomi dei personaggi potranno anche essere diversi, quelli dei paesi pure, ma i fatti rimangono. Gente che si ammazza solo ed esclusivamente per denaro. Storie di torbidi omicidi che maturano all'interno delle stesse famiglie. Figli che uccidono i genitori. Genitori che ammazzano i vicini di casa perché fanno troppo rumore. Storie malate di sesso di provincia, di amanti e di corna. E poi sangue, tanto sangue e lampeggianti blu. I Mario Erle e l'uomo senza nome di quest'ultimo racconto che avete appena letto sono ovunque, credetemi.

Ma mi sto dilungando, scusate. Torniamo a noi e spostiamoci all'interno di un treno, per un altra storia che rientra nel campo del "potrebbe succedere o magari è già successo". Tutti in carrozza quindi. Vi lascio in compagnia dell'uomo della ferrovia e di Gaia, che non è quella della pubblicità della Tim!

L'UOMO DELLA FERROVIA

«Cerca l'amore in un treno?».

Nel volto della donna traspare molta perplessità.

«Lei lo trova così strano?» risponde l'uomo sorridendo.

«Quanto meno lo trovo un po' particolare, non crede?».

«C'è chi lo cerca in discoteca, chi in palestra, chi addirittura si affida ad agenzie matrimoniali evitando così di fare ogni fatica». L'uomo fa una smorfia: «Non sanno cosa si perdono, tutta la parte più bella. Alla luce di questo continua ancora a trovare così strano il mio comportamento?».

La donna abbassa la testa sorridendo.

«Le confesso che preferirei anche io il treno a un'agenzia matrimoniale. Però guardi che continuo ancora a trovare strano tutto ciò». Sorride di nuovo, questa volta osservando attentamente il suo interlocutore.

Nel frattempo il sole cominciò a sparire dalle vette più alte delle Alpi, lasciando il posto a una luna piena colore argento.

«E mi dica, lei passa le giornate in treno aspettando sempre il grande momento?».

«Sì, esatto. A volte sono giornate grigie, a volte mi capita la fortuna di parlare con una bella persona come lei. Ha visto? La mia vita è proprio come quella di tutte le altre persone. Giornate grigie e giornate buone».

«Con il piccolo dettaglio che le altre persone lavorano, mentre mi sembra che lei non ne abbia bisogno».

L'uomo sorrise nuovamente.

«Si sbaglia, ne ho bisogno anche io come tutti. La mia fortuna è che riesco a lavorare da qui, esattamente da dove sono seduto».

Lo sguardo della donna torna ad essere perplesso e nello stesso tempo indagatore.

«Bene» dice lui ammiccando. «Soddisferò anche questa sua curiosità».

Lei arrossisce: «Non serve, anzi mi scusi».

«Si figuri, nulla da nascondere, anzi, è molto probabile che rimarrà piuttosto delusa dalla mia risposta».

«Dunque sentiamo. Che genere di lavoro si riesce a gestire dalla carrozza di un treno?».

«Gestisco una serie di immobili che ho ereditato dalla madre di mio padre, mia nonna insomma. Ecco svelato il grande mistero. Sono una specie di amministratore condominiale, solo che gli immobili sono miei. Contatto le ditte di manutenzione, chiamo il mio commercialista, invio un mio dipendente alle riunioni condominiali. Tutto da qui, dalla carrozza di un treno».

La faccia assume un espressione delusa.

«Tutto qui?».

«Tutto qui. Un lavoro decisamente privilegiato, ma di indubbia tristezza. Non trova?».

«Si arrabbia molto se le rispondo di si?».

Adesso torna a sorridere.

Sorride anche lui.

«Anzi, concordo pienamente con lei. Mi biasima ancora per il fatto di cercare un po' di tranquillità nel vagone di un treno?».

«Affatto. È solo che continuo a non capire il perché».

«Semplicemente perché mi piace. Mi piace arrivare alla mattina in stazione e prendere un biglietto a caso. Sa che ho visto le stazioni di mezza Italia?».

«Immagino abbia conosciuto anche molte persone?».

«Si, decisamente. Ho ascoltato storie di tutti i tipi, e ho risposto anche a domande di tutti i tipi. Posso chiederle dove scende?».

«Padova, e lei?».

«Venezia, ultima fermata. Il tempo di fumare una

sigaretta e poi prendo il treno per tornare a casa».

Lei ride divertita: «Attenzione a non perderlo!».

Ride anche lui: «A volte mi è capitato di perdere delle coincidenze e di arrivare a casa a notte fonda. Non che questo mi abbia creato dei problemi, ma per quanto le possa sembrare strano non mi piacciono molto le stazioni ferroviarie, se escludiamo quella di Milano. Un vero capolavoro».

«Ha decisamente ragione, non piacciono nemmeno a me le stazioni, soprattutto per la gente che le frequenta».

Un silenzio privo di imbarazzo avvolge i due per qualche istante.

«Non ha altre domande da farmi?».

Lei lo osserva con un divertito sguardo di sfida: «Poi non mi dica che sono stata invadente. Promesso?».

«Promesso. Adesso spari pure la sua domanda».

«Ok. Mi parli delle donne che ha conosciuto durante tutti i suoi viaggi in treno. Mi ha detto che cerca l'amore, ma devo dedurre che se è qui davanti a me, non l'abbia ancora trovato».

«A questa domanda si è già risposta...».

«Aspetti, la mia domanda è questa: ha conosciuto donne in treno con cui poi ha avuto dei rapporti, diciamo, brevi o fugaci?».

L'uomo la osserva pensieroso. La luna è ora offuscata dalle nuvole e le montagne hanno cominciato a lasciare posto alle buie vastità delle pianure.

Lei torna ad arrossire. «Io… io le chiedo scusa. Mi dispiace, anzi, guardi, mi vado a sedere in un'altra carrozza».

Lui, con una mano, dolcemente, le tocca il braccio.

«La prego, si sieda. Nessun imbarazzo, mi creda. Stavo solo cercando le parole giuste».

«Non importa, sul serio. Sono stata una inopportuna».

«Su, mi faccia un sorriso divertito, come quello di prima. Ecco, così, bene. Dunque, lei mi chiedeva delle donne che ho conosciuto durante i miei viaggi».

Sposta lo sguardo per un attimo verso il finestrino e oltre. Nel suo volto si disegna un'espressione triste. Immerse nel buio passano veloci le vie deserte delle zone industriali, illuminate da sinistre e cupe lampade di colore giallo. Posti che durante la notte ospitano le persone più strane ed ambigue. Gente grigia, magari in cerca di un'avventura veloce e a pagamento, lontano dallo sguardo della moglie che probabilmente proprio in quel momento sta mettendo a letto il loro bambino. Persone torbide che si incontrano per scambiare polvere per viaggi allucinati o per fare affari che comunque non si possono dire.

«Le donne che ho conosciuto…» ripete pensieroso. «Prima però lasci che le dica una cosa. Deve immaginare il vagone di un treno come un buco nero. Sa perché le porto questo paragone?».

Lei scuote la testa.

«Perché al loro interno qualsiasi cosa viene

compressa oltre ogni limite ed immaginazione. Qui dentro è uguale. Accade la stessa cosa. Tutti i sentimenti, gli stati d'animo, le angosce, i problemi, l'amore, la gioia, l'odio, tutto. Tutto quello che riesce a immaginare, lo può ritrovare qui all'interno in una qualsiasi giornata in cui il vagone è pieno. Ci pensi. Tutti questi sentimenti racchiusi e compressi in pochi metri quadri. Io lo trovo incredibile. Incredibile e intenso.

A volte mi capita di ritrovarmi qui solo, alla sera, mentre torno a casa. In quei momenti le pareti sembrano trasudare una tristezza, un'angoscia, che quasi diventa palpabile da quanto è intensa. A volte quasi riesce a prendere il sopravvento sui miei pensieri. Mi creda, questo posto è come una finestra aperta sulle nostre coscienze... e se hai nervi saldi ti puoi affacciare per dare un'occhiata.

Mi è capitato di sentire telefoni suonare per comunicare un lutto in famiglia. Ho sentito singhiozzare sommessamente qualcuno seduto nella poltrona davanti alla mia. Ho assistito a litigate di ogni tipo ed a volte pure a qualche schiaffo. Ma ho visto anche i baci più belli e intensi in assoluto. Giovani ragazzi ancora puri. Quelli che baciano con passione perché credono ancora nell'amore, quello con la "A" maiuscola. Quello in cui credo ancora anche io».

Silenzio fra i due

«Deve scusare il mio monologo, non volevo sfuggire alla sua domanda, o forse sì. Comunque continuiamo pure. Ho avuto quattro relazioni, sfortunatamente troppo brevi, con quattro donne conosciute durante queste mie giornate in treno. Per quattro volte ho pensato di aver finalmente incontrato la persona giusta e invece, purtroppo, mi sbagliavo. Una lunga chiacchierata, proprio come stiamo facendo noi adesso, poi un invito a cena, poi alla fine a casa mia.

Abbiamo fatto l'amore, tranquilli, con la musica in sottofondo e le candele accese. Romantico, proprio come piace a me. Mi sentivo così appagato, sereno. Credevo sul serio che potesse essere l'inizio di un qualcosa di grande. Ne ero talmente convinto da parlarne subito, candidamente. Ma a quel punto le cose cambiavano.

La donna, che fino a qualche attimo prima aveva condiviso il mio letto e la mia casa, mi guardava come si guarda un pazzo. Quasi le mie parole fossero bestemmie o oscenità. Prendeva i suoi vestiti dalla sedia e cominciava ad indossarli per andarsene. Io non capivo cosa ci potesse essere di così strano nelle mie parole. Parole come famiglia, figli e amore. Continuo ancora adesso a considerarle quasi sacre. A ogni modo quell'atteggiamento mi faceva stare molto molto male. Passavo da uno stato di incredulità iniziale ad uno di rabbia, e poi di odio. Lei mi capisce, mi sentivo preso in giro, quasi usato.

E così le ho ammazzate. Tutte e quattro. Sì, ho ucciso quattro donne negli ultimi due anni. Nessuno le ha mai collegate fra loro. Nessuno ha pensato al treno come comune denominatore. Semplicemente sono sparite una volta arrivate a destinazione. Ecco, questo è il mio fardello, questo è il mio modo molto semplice per dirle che sono un mostro, di sfogarmi per la prima volta con un altro essere vivente».

Una lacrima riga il volto dell'uomo.

«Mio Dio. Se chiudo gli occhi posso ancora sentire le urla dell'ultima donna. L'ho uccisa sulle note di *September morning*, una canzone così romantica. Neil Diamond la cantava con tutta la sua passione mentre io stavo sopra di lei con un ferro da stiro in mano...».

La donna di fronte a lui adesso trema visibilmente. Il volto pallido e gli occhi lucidi. Lui se ne accorge.

«No, la prego, non abbia paura di me. Non si deve preoccupare. Lei è talmente bella e perfetta che toglierle la vita sarebbe un delitto troppo grande. Le chiedo solamente di dimenticare questa conversazione e il mio volto, anche se a poco potrebbe servire. Non sa il mio nome, non sa dove abito, cambio tratta ogni giorno. Non c'è alcun modo di risalire al mostro».

L'uomo torna a guardare fuori dal finestrino poi, dopo qualche istante, torna a osservare il volto della donna sorridendo.

«Siamo a Padova, questa è la sua fermata. Deve sbrigarsi, altrimenti non riuscirà a scendere».

Lei è titubante, tremante. Raccoglie la borsa dal sedile affianco e guardinga si alza.

«Non si preoccupi, le ho già promesso che non le succederà nulla, adesso vada».

Lei fa un passo in corridoio quando la voce di lui le giunge alle spalle.

«Un'ultima cosa. Mi conceda un'ultima richiesta».

Lei si volta

«Mi dica solamente il suo nome».

Dopo un istante di silenzio, con voce rotta, lei risponde.

«Gaia. Mi chiamo Gaia».

«Gaia» ripete lui. «Che magnifico nome. Il nome della madre Terra. Cercherò il suo sguardo e le sue belle maniere in ogni donna che avrò modo di conoscere in questo mio lungo viaggio. E finché ciò non avverrà, fino a quando non troverò una persona splendida come lei, prometto che non ucciderò più. Grazie ancora Gaia. Grazie per avermi ascoltato e per aver gettato un po' di luce nelle mie tenebre. La prego, non mi giudichi. Lo farà per lei qualcun altro quando sarà il momento. Lei si ricordi di me solo come una delle migliaia di sfaccettature dell'umanità. Ha visto? È come le dicevo prima. Ci vogliono nervi saldi per affacciarsi alla finestra».

La donna percorre ancora qualche passo. Il treno si ferma e le porte si aprono.

«Addio Gaia» le dice l'uomo alle sua spalle.

Lei scende. Il treno si rimette in movimento. Il volto dell'uomo e il convoglio intero lentamente spariscono nell'oscurità.

«Addio, uomo della ferrovia».

***

Vi svelo un piccolo retroscena del racconto che avete appena finito di leggere: l'ho scritto veramente in treno, mentre ero di ritorno da Milano, in una fredda serata di febbraio. Nel vagone eravamo solo in due: io e un tizio tutto vestito elegante, seduto proprio di fronte a me. Ricordo che pensai "Cazzo, ma con tutti i posti che ci sono…". La cosa peggiore di tutta la faccenda è che puntualmente lo scoprivo a fissarmi mentre lavoravo al computer. Alzavo la testa dal monitor e solo allora lui mi staccava gli occhi di dosso facendo finta di guardare altrove. Così a un certo punto ho sentito Gaia parlare e, davanti a me, non avevo più uno sconosciuto, ma l'uomo della ferrovia. Allora ho chiuso la cartella a cui stavo lavorando, ho aperto una pagina word bianca ed è nato questo racconto. Praticamente l'ho scritto con il personaggio principale davanti a me! Una volta arrivato a Padova ho fissato quello sconosciuto per l'ultima volta e ripensando a quello che avevo scritto mi sono venuti i brividi. Ehi, dico a te, brutto bastardo: se stai leggendo questo libro ed eri seduto nel vagone del Milano-Venezia il 12 febbraio 2009 verso le 22,00, sappi che il racconto che hai appena letto lo dedico a te. Io sono quello che ti era seduto di fronte! Bene, ma adesso basta con questi morti e quesa angoscia. Torniamo a sorridere un po', diamine. Spostiamoci allora nella ridente località di Conetta e andiamo a fare la conoscenza dell'avvocato De Piccolis e di altri personaggi alla perenne ricerca di schei e bea vita. Perché è questo, signori, il "veneto stail".

VENETO "STAIL"

«Mi scusi sa dirmi se c'è un supermarket qui vicino?».

«Eh?» gli fece di rimando il vecchio, seduto comodamente sotto l'ombrellone griffato "Gis gelati" del bar sport.

Silenzio fra i due.

L'avvocato Gian Maria de Piccolis, un milanese verace appena trapiantato in quel di Conetta, si asciugò la fronte madida di sudore con un raffinato fazzoletto bianco recante le proprie iniziali. Il vecchio lo imitò asciugandosi una lacrima che gli scendeva dall'occhio con un fazzolettino di stoffa a quadrettoni viola, rossi e bianchi tutto stropicciato. Non era commosso, era solo vecchio.

«Nonno rimbambito, ma mi capisci quando

ti parlo?» pensò fra sé e sé l'avvocato.

«Ma dove pensa di essere 'sto ebete, a *Nuova Iorche*?» pensò fra sé e sé il vecchio.

«Un supermercato», riprese l'avvocato. «Dove - posso - trovare - un - supermercato?».

Ripeté scandendo lentamente le parole.

«*Go capìo, so miga insemenio*! Ho capito. Deve andare nella Monselice Mare. Li c'è un Lando. Uno di quegli affari grande come un astronave. E se non vuole andare fino a là in fondo, dietro alla chiesa c'è il *casoìn* della Franca. Veda lei».

«*Casoìn*? Ma c*os che l'è el casolìn*?» chiese l'avvocato in dialetto lombardo.

«Come dice?» rispose l'anziano Plinio Scanferla tendendo l'orecchio in avanti.

«C-H-E C-O-S-A È I-L C-A-S-O-L-I-N-O?».

«L'alimentari, ostia! E non occorre che mi parli come fossi un ritardato. *So vecio, no mona*!»

La situazione stava prendendo decisamente una piega surreale e il De Piccolis decise che come primo approccio con la ridente comunità di Conetta poteva anche bastare così. Avrebbe cercato quel maledetto Lando da solo, punto e fine.

«Va bene, grazie mille signore», ma avrebbe voluto dirgli «bifolco contadino ignorante».

«Prego, giovane» rispose il vecchio mentre pensava «*cojon del casso, va remengo*».

Conetta è una frazione di Cona, che a sua volta è un puntino disperso nella vastità della Pianura Padana. Più precisamente si trova dalle parti di

Rovigo, ai confini con le provincie di Padova e Venezia. L'avvocato Gian Maria de Piccolis, detto il Giangi dagli amici, vi si era trasferito solamente il giorno prima. Una scelta molto difficile, quella di abbandonare la grande città per andare a finire in una piccola comunità rurale del nordest, ma quasi obbligata e, soprattutto, molto saggia e previdente.

Il Giangi aveva trascorso gli ultimi dieci anni della sua vita a difendere drogati di lusso, piccoli boss di quartiere e politici di basso rango immischiati in affari di tangenti e puttanelle varie. Insomma, tutte onorevoli persone la cui onestà e integrità morale era certamente indiscutibile. Si era ritrovato perfino a fare affari con loro, quindi poteva vantare come curriculum, oltre all'avvocatura, anche lo spaccio di cocaina per i grandi signori della Milano bene, la ricettazione di auto di lusso provenienti dalla Germania e pure il concorso in appalti pilotati. Uno su tutti, il suo capolavoro, un appalto truffa per la ristrutturazione del tribunale che aveva fatto vincere all'impresa edile del fratello. Aveva lucrato tutto il possibile dai suoi clienti e dalle sue attività illecite, fino a quando non aveva cominciato a sentire una certa aria, come dire, di merda. A quel punto aveva capito che era giunto il momento di ritirarsi dalle grandi scene.

Doveva trovare un posticino tranquillo lontano da Milano e, soprattutto, diventare agli occhi di tutti una persona irreprensibile. Poteva vivere quasi di rendita con tutto quello che aveva accumulato.

Gli sarebbero bastati anche solo due o tre clienti all'anno, tanto per far vedere che lavorava.

«Un qualsiasi bifolco del posto» aveva pensato «prima o poi dovrà aver bisogno dei miei servigi».

Scoprì di non avere conoscenze in Veneto e così, dopo un veloce giro informativo su Google la sua scelta cadde proprio su Conetta o, come l'aveva ribattezzata lui, "Desolation Ville". Il posto ideale per ricominciare lontano dalla vita passata ma, soprattutto, da possibili guai giudiziari. De Piccolis quindi rimontò sulla sua Jaguar e si diresse verso la Monselice mare.

Una decina di chilometri più a sud, alla guida di una vecchia fiat Duna di un azzurro imbarazzante, un uomo guidava e rifletteva sui suoi problemi.

«Ho bisogno di qualcuno che non sia di qui. Qualcuno che non mi conosca e che nello stesso tempo non sia conosciuto. Qualcuno che abbia la testa sulle spalle e il senso per gli affari, quelli giusti, quelli da uomini duri. Ma dove lo trovo uno così? Non mi posso più fidare di nessuno in questi posti e, guardando bene, non sono nemmeno tanto ben visto. Maledetti contadini ignoranti. Eh, ma ve la farò vedere io. Dimostrerò a tutti di che pasta sono fatto. Torneranno tutti in ginocc...».

Il pensiero silenzioso dell'uomo venne interrotto bruscamente da un rumore di vetri infranti e lamiere piegate. Così, assorto nei suoi pensieri, aveva appena tamponato la macchina che lo precedeva.

«*Casso!* Ci mancava anche questa».

Dalla Jaguar verde inglese appena tamponata smontò un uomo in giacca e cravatta dall'aria distinta. Dalla fiat Duna, con il frontale mezzo demolito e color azzurro Puffo, smontò un uomo in giacca e cravatta dall'aria decisamente meno distinta.

«Colpa mia. Mi deve scusare. Pagherà tutto la mia assicurazione. Non mi sono accorto, *casso,* non mi sono accorto».

L'uomo distinto parve soppesare la situazione in silenzio. Poi andò a controllare i danni alla vettura. Addio al fanale, a mezzo paraurti e alla targa. Poi guardò la Duna con un mezzo sorriso: sembrava un campo di battaglia con tutto il muso dell'auto in macerie.

«Certo che è colpa sua e non ci sono dubbi che pagherà l'assicurazione. Piuttosto la sua macchina mi sembra, come posso dire, fuori servizio. Credo avrà bisogno di aiuto per spostarla. Comunque poteva andare peggio per tutti. Via, facciamo la dichiarazione amichevole».

«Peggio un beato *casso*» pensò l'ex proprietario della Duna. «Avevo solo questa merda di macchina e adesso è distrutta...».

Ma quando aprì bocca uscirono invece parole ben diverse.

«Ah, questa. No, è di mia *molie.* (il "gl" proprio non gli veniva) doveva rottamarla il mese prossimo. Nessun problema, veramente...» poi bestemmiò a bassa voce.

L'uomo distinto si avvicinò tendendo la mano:

«A questo punto tanto vale che ci presentiamo. Io sono l'avvocato Gian Maria de Piccolis. Piacere».

L'altro, dopo essersi pulito la mano sudata sui pantaloni, la tese a sua volta presentandosi: «Piacere. Mosè Mosole».

Dopo i convenevoli di rito, la chiamata al carro attrezzi e la compilazione della constatazione amichevole, Mosè si concentrò sul suo nuovo compagno d'avventura.

«Quindi lei è un avvocato?».

«Certamente. Mi sono trasferito da Milano a Conetta proprio ieri. Ha forse bisogno dei miei servigi?».

«Vede avvocato, lei mi sembra veramente una persona per bene. Posso invitarla a cena questa sera? Conosco un buon ristorante proprio qui vicino e per spiegarle la mia situazione ho bisogno di un po' di tempo».

«Non dubito che anche lei sia una persona a modo, Dottor Mosole. Quindi accetto volentieri. Fra l'altro, visto che mi sono appena trasferito, conoscere un buon ristorante non potrà che essermi utile».

Al sentirsi chiamare "Dottore", Mosè ripensò alla pagella di quinta elementare appesa nel suo vecchio ufficio e gongolò come un bambino. Quel pezzo di carta ingiallita rappresentava l'unica prova tangibile che l'uomo avesse ricevuto un minimo di istruzione, ma preferì tenere per sé quel dettaglio.

«Allora d'accordo avvocato, se mi dà il suo indirizzo passo a prenderla questa sera».

De Piccolis lo appuntò dietro a un biglietto da visita.

«Ecco Dottor Mosole. La aspetto questa sera».

«Sarò puntuale. Vedrà che mi ringrazierà per la serata. Fra gente della nostra classe ci si intende sempre, *casso*. O sbaglio?».

«Non sbaglia Dottore. Sono sicuro sarà una serata molto interessante».

Mosè dovette ricorrere alle poche amicizie rimaste, per recuperare una macchina entro sera ed evitare così di fare una figura di merda con il Giangi. Alla fine riuscì a raccattare una Audi 80 vecchia di quasi quindici anni ma ancora in condizioni dignitose. Davanti ad un calice di cabernet cominciò la sua storia.

«Posso parlarle onestamente?».

«La prego».

«Cominciamo con il dire che nell'ultimo periodo ho avuto dei guai con la giustizia».

«Che tipo di guai, se posso chiedere?».

«Sono stato condannato per disastro ambientale e altre stronzate minori. Ho fatto più di tre anni di galera. Nel frattempo hanno arrestato anche mia *filia* e un mio dipendente, sempre per dei problemi di smaltimento rifiuti legati a una ditta che avevo fondato come socio occulto mentre ero in carcere. Ma il punto non è questo. Il punto è che le cose sono sempre andate male per colpa di altre persone e mai per colpa mia. Io i miei cassi li ho sempre saputi fare, ma ho *sbaliato* ad affidarmi a persone incompetenti».

L'avvocato rimase in silenzio. Mosole capì che doveva continuare per arrivare al dunque.

«Ho un grosso affare per le mani. Parliamo di qualche milione di euro. Quello di cui ho bisogno è una persona fidata, intelligente e che metta il proprio nome e cognome su tutte le rotture di balle burocratiche».

De Piccolis rimase impassibile nel parlare.

«E questa persona che dovrebbe farle, diciamo, da presta nome, quanto incasserebbe?»

«Almeno un trenta percento». Rispose Mosè

«Ha detto sessanta?» ribatté il Giangi, sempre serissimo.

«No, avvocato, ho detto il trenta».

«Ah, scusi. Avevo capito il cinquanta. Perché se fosse così, magari qualcuno si potrebbe trovare».

Mosè affondò il colpo definitivo.

«Il cinquanta percento lo concederei solo se fosse lei in persona a entrare nell'affare».

«Mi parli di questo affare. Di cosa si tratta?».

«Appartamenti. Circa trentadue appartamenti su quattro palazzine. Da costruire ovviamente. Ho un amico che ha una bella fetta di terra proprio fuori Agna e vorrebbe edificare. Il fatto è che non ha una lira ed è, mi scusi il termine, un ignorante completo. Gli ho raccontato, anche se non è vero, che conosco una ditta che potrebbe farsi carico di tutto. Ci metterebbe i soldi e lavorerebbe a spese proprie. Ovviamente, completato tutto, si terrebbe gran parte degli appartamenti per recuperare le spese.

Il mio amico vorrebbe una palazzina tutta per se, ma gli ho spiegato che se tutto va bene potrà ricavarne al massimo due o tre appartamenti. Alla fine ha accettato piuttosto che tenere la terra incolta. Morale della favola: trenta appartamenti a noi e massimo tre a lui».

«Mi sembra un buon affare, per noi» disse a questo punto l'avvocato lisciandosi i baffi.

«Rimane solo un dettaglio», continuò Mosè. «Dobbiamo trovare un'impresa edile compiacente, che dica al mio amico che ci saranno una valanga di spese e che, appunto, riuscirà a ricavarne solo un paio di appartamenti».

«E questa ditta come la paghiamo?».

«Venderemo gli appartamenti su carta e daremo loro degli anticipi. Il saldo a fine lavori. Oppure li paghiamo con una decina di appartamenti a fine lavori e non anticipiamo un beato *casso*. Per male che vada, almeno una quindicina rimarranno a noi e, a casa mia, quindici per centocinquantamila euro l'uno sono tanti *schei*».

«Non ci vedo quasi nulla di illegale, per giunta», disse De Piccolis.

«A parte inculare il mio amico, nemmeno io», ribatté il Mosole versando nei bicchieri il fondo della bottiglia.

Dopo due giorni appena dall'arrivo a Conetta, il Giangi aveva già trovato il modo di cacciarsi in un altro affare decisamente torbido. Rifletté per un buon minuto prima di parlare.

«Per l'impresa edile non c'è nessun problema. Appalteremo il lavoro a mio fratello. Se pagarlo in appartamenti o con denaro lo decideremo strada facendo. Per quanto mi riguarda, Dottor Mosole, siamo in affari. Parli con il suo amico e lo porti da me a firmare una liberatoria. Riceverà tre appartamenti, noi terremo tutto il resto. Cominceremo domani stesso».

E così, il grande piano di Mosè, o meglio, del Dottor Mosè Mosole, cominciò a prendere forma. Venne firmata la liberatoria, De Piccolis contattò il fratello e, nel giro di due mesi operai, ruspe, e betoniere si misero all'opera per cominciare la costruzione del residence "Agna Superstar".

L'avvocato si premurò inoltre di contattare tutte le agenzie immobiliari della zona, per cominciare a vendere i primi appartamenti su carta. Sei mesi più tardi, per la gioia del Giangi e del suo socio, i primi quindici erano già stati venduti. Nei quattro mesi successivi, mentre ormai il complesso cominciava a delinearsi, fu venduta anche la rimanenza, per un incasso complessivo di quattro milioni e trecentocinquantamila euro. Mica cioccolatini.

Mosè, ricevuta la notizia, tornò a gongolare come un bambino. Finalmente era ricco. Fissò subito un appuntamento con De Piccolis per capire quanti soldi avrebbe intascato alla fine di tutta la fiera. L'avvocato, dopo aver usato quintali di paroloni tecnici, avergli mostrato pile di fatture e di spese, arrivò finalmente al dunque.

«Allora, caro amico mio, alla fine di tutto intascheremo un milione netto a testa. La cifra sarà disponibile al massimo fra un paio di mesi».

«Solo un *miion* a testa? Pensavo di più sinceramente».

«Suvvia, non sia così avido. Le case non si sono mica costruite da sole. Abbiamo pagato l'impresa, le provvigioni alle agenzie, i permessi, tutta la parte burocratica, le tasse e pure qualche mazzetta. Mi creda che un milione di euro preso così è già molto».

Mosè rifletté sul fatto che in effetti lui non aveva fatto assolutamente nulla durante quel periodo. Praticamente i suoi soldi erano piovuti dal cielo e quindi, alla fine, poteva andare bene anche così.

«Bene avvocato. Se mi garantisce che sarà un milione tondo tondo, allora va bene».

«Non mancherà nemmeno un euro, si fidi. Ora, se mi vuol perdonare, sto aspettando una visita».

Congedato il socio, il Giangi, aprì la cassaforte e tirò fuori un sacchettino di polvere bianca. Preparò quindi una riga bella abbondante sulla scrivania e, dopo aver arrotolato un vecchia banconota da centomila lire che teneva per le occasioni speciali, si sparò il tutto direttamente nel cervello. Non aveva il vizio della coca, anzi, detestava i drogati, però amava concedersi una o due volte l'anno una bella pippata con i contro coglioni.

«Sono un genio e questa cazzo di riga me la sono meritata. Avrei dovuto fare il ministro dell'economia. L'avrei fatta girare come una trottola impazzita».

Il Giangi del resto aveva davvero di che gioire, visto che aveva appena alleggerito Mosè di circa cinquecentomila euro. La cosa più tragica è che aveva utilizzato lo stesso metodo che a sua volta aveva usato Mosè per fregare l'amico che aveva messo il terreno: aveva consegnato al fratello centomila euro in nero per gonfiare le fatture di acquisto materiale che poi avrebbe mostrato al Mosole come giustificativo. Un giro di trombate, come si dice in Veneto, da paura, visto che il fratello aveva già provveduto da solo a gonfiare le fatture che presentava a De Piccolis da mesi. Quei centomila del tutto inaspettati furono solo una briciolina in più. Il bello del piano dell'avvocato, però, doveva ancora arrivare.

Per il tocco finale aveva bisogno di una persona speciale, qualcuno che eliminasse ogni prova di eventuali lavori fatti a risparmio, di cemento "poco" armato scadente, di misure abitative non conformi, progetti non rispettati. Un bel fuoco purificatore sarebbe divampato nel complesso residenziale "Agna Superstar" e avrebbe sistemato ogni cosa. Che poi ci pensassero le assicurazioni a risarcire i danni. Lui, i suoi soldi li aveva già intascati e quindi vaffanculo agli altri!

Proprio in quel momento sentì bussare. Il suo uomo era in perfetto orario.

«Avanti».

La porta si aprì e dopo qualche istante entrò una figura goffa e dai lineamenti vagamente porcini.

«Dottor Lazzarato, prego, si accomodi», lo invitò

l'avvocato. Romeo si accomodò in silenzio con lo sguardo vagamente disorientato. Gli anni di galera lo avevano ulteriormente appesantito. Portava ancora i capelli lunghi e ricci come una volta, ma ora si intravedevano delle striature di grigio. Il suo sguardo sembrava spento, privo di qualsiasi interesse per tutto. Il carcere aveva lasciato nell'uomo segni indelebili.

«Lei sa perché si trova in questo ufficio?».

«Per un lavoro», rispose Romeo in maniera quasi meccanica.

«Le hanno spiegato che non sarà un lavoro, come posso dire, legale?».

«Sì».

«Ottimo. Quindi lei lo porti a termine e io la ricompenserò con quindicimila euro».

«Prima mi dica cosa devo fare, poi parleremo di soldi».

«Lei ha presente il nuovo residence in costruzione fuori Agna? Quello con tre palazzine?».

«Sì, l'ho visto. È suo?».

«Mio e di un mio socio di cui non occorre sappia il nome. Bene, quel residence deve bruciare e deve bruciare tutto».

«Sono cinquantamila per un lavoro così grande».

«Non se ne parla signor Lazzarato. Sono e rimangono quindici».

Romeo si alzò dalla sedia: «Non torno in galera per quindicimila euro. Se li bruci lei gli appartamenti».

«E va bene, si sieda. Allora facciamo quarantamila:

venti adesso e venti dopo. Ultima offerta».

«Quaranta tutti adesso. Dopo l'incendio non ci vedremo più».

«Trentacinque subito». L'avvocato tese la mano.

Romeo ci pensò un po' su, quindi tese anche la sua: «Affare fatto».

De Piccolis aprì la cassaforte e depose sul tavolo svariate mazzette di soldi in contanti.

«Devono bruciare il prima possibile».

Romeo contò i soldi alla buona.

«Giovedì è festa. Allontani le ditte fino a lunedì. Io farò un paio di visite e domenica notte brucerò tutto».

«Eccellente».

Non c'era altro da dire. Lazzarato inquadrò la porta e uscì dalla stanza. Per l'avvocato quell'incontro metteva la parola fine al suo piano. I soldi ricavati dalla vendita degli appartamenti, compresi quelli di Mosè, erano già al sicuro in una banca lussemburghese. Più di due milioni di euro, che andavano peraltro a sommarsi a quelli accantonati negli ultimi anni.

Ora davvero avrebbe potuto sereno in un qualsiasi paese fuori dall'Italia e, infatti, avrebbe preparato la valigia la sera stessa. Il giorno seguente si sarebbe recato in una agenzia di viaggi ed avrebbe acquistato un biglietto aereo, prima per il Lussemburgo e poi per una qualsiasi altra destinazione. In definitiva aveva fregato tutti. Mosè in primis, poi suo fratello, le famiglie che avevano acquistato le case e, *dulcis in fundo*, lo Stato italiano. Spense la luce dell'ufficio e per l'ultima volta chiuse quella porta.

I giorni successivi passarono velocemente. La domenica arrivò in un battibaleno. Mosè Mosole era molto agitato. Da due giorni provava a chiamare il suo socio, ma l'avvocato sembrava sparito nel nulla. Cellulare spento e telefono dell'ufficio che suonava a vuoto. Verso sera, come se la cosa potesse allontanare i tanti dubbi che cominciavano a frullargli per la testa, decise di andare a fare un in giro nel residence, che nel frattempo era stato quasi del tutto ultimato. Ancora qualche giorno e le prime famiglie avrebbero potuto cominciare ad abitarci. Parcheggiò l'auto all'esterno del complesso, attraversò un cancello e si diresse a piedi verso gli edifici. Per un attimo, da una finestra di un appartamento, gli sembrò di scorgere un fascio di luce. Si fermò per un istante, dopodiché ricominciò a camminare, ma con un passo più circospetto. Un'altra luce tremolante, questa volta proveniente dalle scale.

Mosè, arrivato quasi al portico, si nascose ansimante dietro a una colonna in cemento armato. Vide vicino ai suoi piedi una grossa pala e la raccolse. Attese ancora nascosto e poco dopo, dal portone d'ingresso uscì una persona. Si sporse quanto bastava per vedere che in mano teneva una grossa tanica. L'uomo era di spalle e, a causa della mancanza di illuminazione, non riuscì a distinguere altro.

«Un maledetto ladro!» pensò. «A casa mia e con una tanica di benzina in mano! Adesso ti faccio cantare l'ave Maria».

Mosè uscì da dietro il pilone urlando come un indemoniato. Lo sconosciuto ebbe appena il tempo di girarsi e schivare la grossa pala che gli stava per sfondare il cranio, dopo di che Mosole rovinò addosso all'uomo e assieme rotolarono per terra.

«*Te copo*! *Maedetto farabuto te copo*!».

Il Lazzarato riconobbe all'istante quella voce e cominciò a urlare anche lui.

«Sono Romeo, sono Romeo! Basta, basta!».

Mosè rimase di sasso, mentre si preparava a sferrare un pugno in pieno volto all'ex dipendente. Si fermò e i due si guardarono finalmente in faccia.

«Vacca boia, Romeo!»

«Signor Mosole...».

«Che *casso* ci fai qui? Volevi bruciare i miei appartamenti!».

«I suoi appartamenti? È impossibile, questi sono gli appartamenti di un avvocato. Ne sono sicuro».

«L'avvocato è il mio socio. Ma tu come fai a saperlo?».

«È lui che mi ha pagato per bruciarli!».

«*Cossa*?!?! Non è possibile». Mosè si spostò da sopra il corpo di Romeo e si mise a sedere per terra.

«Perché mai avrebbe dovuto bruciarli? Ormai sono stati tutti venduti. Non riesco a capire."

«Glielo dico io il perché», rispose Romeo prendendo fiato. «Sono fatti con lo sputo: se scoreggi al primo piano ti urlano "salute!" quelli dell'ultimo. Cartongesso ovunque e i pochi muri portanti fatti con un cemento di merda. Tutti i proprietari avrebbero chiesto i danni, una volta entrati in casa. E invece così, dopo un bell'incendio...».

«Si possono pure inculare tutti!» finì la frase Mosè.

«Esatto. Inoltre penso che l'avvocato se ne sia già andato molto lontano».

«Ma doveva darmi i miei soldi!» protestò debolmente il Mosole.

«Ho il sospetto che non li rivedrà mai più i suoi soldi».

Mosè Mosole, uomo duro del ricco Nordest, imprenditore, galeotto, truffatore e instancabile lavoratore, per la prima volta in vita sua pianse davanti a un altro uomo. Romeo rimase sconcertato da quello spettacolo. In fin dei conti avevano condiviso nel bene e nel male, molti anni assieme, compresi quelli di galera.

«Non faccia così signor Mosole. Non tutto è perduto».

«E come no?» fece l'altro tirando su dal naso. «Ho appena perso un milione di euro e, di mio, non ho più nemmeno uno stramaledetto centesimo».

Romeo rimase in silenzio per qualche istante. Pensò bene a quello che stava per dire e alla fine si convinse che stava facendo la cosa giusta.

«Non tutto è perduto, mi creda. Giovedì notte sono venuto qui per fare un sopralluogo e, dopo un giro accurato, mi è balenata in testa una grande idea. È appunto da quella notte che lavoro in questo cantiere senza mai fermarmi. Ho smontato tutte le caldaie di ogni singolo appartamento: trentadue caldaie nuove di zecca. Un amico che ho conosciuto in carcere me le paga bene, siamo già d'accordo. In tutto sono più o meno novantacinquemila euro. Questa notte inoltre deve passare un camion per ritirare un'escavatrice e un paio di muletti. Andranno a finire in un qualche cantiere del sud Italia. Parliamo di oltre centomila euro. Per finire, mi sono fatto pagare dall'avvocato altri trentacinque mila euro per il lavoro. Sono oltre duecentomila euro, che useremo per ricominciare di nuovo assieme».

«E tu divideresti i tuoi soldi con me?».

«Vedo già il nome della nuova ditta: Lazzarato e Mosole s.n.c. Questo è il Nordest, *casso*, la terra delle mille opportunità. Saremo di nuovo in sella».

Mosè sorrise: «Torneremo sulla breccia dell'onda. Tutti e due assieme, *casso*!».

Romeo aiutò ad alzarsi il suo ex titolare e assieme si avviarono verso il cancello d'uscita.

«Come sta sua figlia Suellen?».

«Ah, Romeo, forse sarebbe stato meglio che le avessi dato due colpi tu, piuttosto che quella carogna del figlio del fornaio. Forse non sarebbe successo tutto questo».

«In realtà un paio di colpi glieli ho dati, signor Mosole. Mentre lei era in carcere e…».

«Non dire altro Romeo. Meglio che io non sappia nulla».

«Mi scusi signor Mosole. Ma adesso venga, ricominciamo da dove tutto ebbe inizio» disse Romeo.

«Cioè?» rispose il Mosè.

«Andiamo a bere un paio di Fernet!»

***

E già, perché il lupo perde il pelo ma non il vizio! Però povero Mosè, non gliene va dritta una. Ma il Veneto offre sempre nuove possibilità, quindi non si può mai sapere, potrebbe anche essere che prima o poi i Mosole, con a traino il buon vecchio Romeo Lazzarato, riescano a regalarci ancora qualche nuovo guizzo di fantasia che solo in questo nebbioso e umido territorio possiamo trovare.

Ma per ora lasciamoli così, abbracciati nelle nebbie padane e pronti a ritornare in sella: è tempo di cambiare decisamente registro! Andiamo ad immergerci nel mondo 2.0 della rete e dei social network. Siete pronti a conoscere Lord Zelda e The_King? No? Allora fareste meglio a prepararvi, perché questa è gente veramente tosta, gente che vi auguro di non incontrare mai e, soprattutto, spero che non abbiate mai e poi mai problemi di vicinato con questi due.

PROBLEMI DI VICINATO

La controllò nuovamente, questa volta da un'altra angolazione. Cazzo se era bella. Era anche di più, un fottuto capolavoro. Una di quelle vecchie case dell'epoca coloniale americana. Bianca, con un patio enorme, sostenuto da quattro splendide colonne bianche anch'esse. Il tetto rosso, i balconi all'inglese. No, non si poteva mentire. Era veramente una gran cazzo di casa. Si avvicinò ancora di più, con uno sguardo a metà fra l'estasiato e il rabbioso. Ai due lati dell'abitazione si estendeva un verde tappeto erboso curato in maniera perfetta. La somiglianza al green di un campo da golf era impressionante. La splendida palizzata bianca, a delimitare i bordi della proprietà, si intravvedeva a malapena. Già, perché nel mezzo ci stavano delle magnifiche coltivazioni. Vigne e frutteti per la maggior parte. Ma guardando verso est si poteva scorgere anche una stalla completamente dipinta di rosso e piantagioni di vari ortaggi. Il bestiame e gli altri animali da fattoria se ne stavano buoni e disciplinati all'interno di recinti bianchi. Tutto quel posto era decisamente un maledetto capolavoro.

«Maledetta puttana», pensò. «Maledetta puttana. Ma dove lo trova il tempo per mantenere in ordine tutto?» e intanto continuava ad ammirare due splendide fontane poste davanti alla cancellata d'ingresso della fattoria.

«Possibile che ci sia qualcuno che la aiuta? No. Io non lascerei le mie proprietà nelle mani di nessuno, nemmeno se fossi ricoverato in una cazzo di camera d'ospedale».

Lanciò uno sguardo veloce al piccolo pc portatile che se ne stava adagiato sopra al letto.

«Io sono previdente, e che cazzo. Io non lascio la mia terra in mano a nessuno».

Tornò a concentrarsi sul grande schermo illuminato di fronte a lui. Le terre di Farfallina82 se ne stavano ancora lì, sfavillanti nella magnificenza di uno schermo a led da ventisette cazzuti pollici.

«Tra tutti i vicini che mi potevano capitare, perché proprio lei?».

Sniffò un altro po' di colla e poco per volta gli spuntò un freddo sorriso. Entro poche ore tutto sarebbe finito, ci avrebbe pensato quello sciroccato di Lord Zelda a sistemare le cose. Glielo aveva garantito proprio la sera prima in chat. Avrebbe sistemato la sua vicina una volta per tutte. Aveva l'obbligo di farlo, visto che era stato proprio lui a invitarla su Farmville. Lui aveva combinato quel cazzo di casino e lui avrebbe rimediato. Vaffanculo anche a Farfallina82. Sapeva per certo che lei lavorava come cassiera in qualche ipermercato della zona e quindi ancora si chiedeva dove trovasse il tempo per curare in quel modo i raccolti, il bestiame e tutta la manutenzione della fattoria. Cazzo, lui ci stava dietro giorno e notte, da quando aveva finito il periodo come interinale giù alla conceria. In realtà dopo un mese lo avevano richiamato, ma «Col cazzo che ci torno in quel posto di merda, in mezzo ai negri e a tutta quella merda che arriva da posti del mondo che manco conosco».

No, lui era il re di Farmville, non quello che trasportava carrelli pieni di pelli pronte per essere conciate. In rete era veramente qualcuno e non l'ultimo degli operai a ottocento euro al mese. Per quella miseria non era nemmeno disposto ad alzarsi dal letto alla mattina. E poi era pieno di messaggi di ragazze, molti messaggi. Tutte a chiedergli come facesse ad avere una fattoria così bella. Tutte a domandargli quale fosse il suo segreto. Tutte bagnate al solo fatto che lui le invitasse a diventare loro vicine.

«Che si fottano anche quelle merde della conceria. Che si fotta anche la cassiera dell'ipermercato».

Lord Zelda avrebbe sistemato ogni cosa. Sniffò ancora un po' colla. La chat di facebook era bollente e lui era lì, come sempre, in prima fila. Vivo come non mai: duemilasettecento amici cazzo. Avete capito bene? Ho duemilasettecento contatti. Gente che manco conosco. Gente che mi chiede l'amicizia perché io sono THE_KING, sono il re.

Una fitta di dolore gli attraversò un polmone. Rimase immobile senza fiato per qualche momento, dopodiché ricominciò veloce a picchiettare sulla tastiera. Nella barra sotto, altre tre finestre aperte. Cazzo, a volte si impallava tutto, e non gli arrivavano più i messaggi in tempo reale, maledetta rete! Ridotti a icona altri social network, tutti di incontri: Zoosk, Flirt Maps, Badoo. Migliaia di ragazze con foto e profilo. Bastava solo scegliere, schiacciare un tasto. e il gioco era fatto, la scopata quasi assicurata. Quattro social network aperti in simultanea e un unico nome, perché il nick conta, cazzo, eccome se conta. THE_KING era come un marchio di fabbrica. Era rimasto solo lui. Quelli che aveva incontrato con lo stesso nick, semplicemente li aveva minacciati fino a farli scomparire.

A uno stronzo che non voleva cambiarsi il nome aveva dato appuntamento sotto al parcheggio dell'Ikea in piena notte. Lo stronzo aveva avuto anche il coraggio di presentarsi. Sembrava un padre di famiglia, un vecchio. Avrà avuto quasi quarant'anni. Ma io mi chiedo: che cazzo ci fai alla tua età su Facebook? Ormai il tuo tempo lo hai fatto. A ogni modo era finito sprangato. Lui e Lord Zelda lo avevano sprangato fino a sentire male alle mani.

Però lo stronzo non era morto. Ne era sicuro, perché nei giornali del giorno dopo non c'era scritto niente. Lo avevano lasciato per terra che sembrava morto, ma il vecchio in qualche modo si era salvato.

Ma dove era finito Lord Zelda? A quell'ora avrebbe dovuto essere già a casa di Farfallina82. «Spero non sia ancora a giocare ad uno dei suoi cazzo di giochi di ruolo».

Però bisognava ammettere che era il migliore in quel genere di cazzate. Aveva vinto pure dei tornei di D&D, la gente aveva paura di lui. Una volta alla fine di una partita durata quasi una giornata, si era tolto la camicia e mostrando il suo fisico superpalestrato aveva fatto vedere a tutti il suo nuovo tatuaggio: il mago. Gli copriva tutta la schiena, era il suo personaggio. Erano rimasti tutti in silenzio a guardarlo, senza riuscire a spiaccicare una cazzo di parola. Lui era Lord Zelda, il miglior giocatore di giochi di ruolo. Quello che per pagarsi il tatuaggio nella schiena si era fatto inculare un paio di volte dal tizio del negozio di vestiti. Quello in centro. Cazzo, quello sì che era vecchio, di anni ne avrà avuti almeno sessanta. Lord Zelda si era fatto inculare in silenzio e probabilmente sorridendo, pensando a quanto sarebbe stato ammirato per il suo nuovo tatuaggio.

Adesso comunque non chiamava e lui non sapeva perché. Continuava ad osservare ossessivamente il giardino di Farfallina82 ma ancora non succedeva niente. Tutta quella maledetta magnificenza continuava a risplendere. Eppure quei due avevano appuntamento oggi pomeriggio. Le frasi per abbordarla gliele aveva scritte il re in persona e, quando THE_KING scriveva, non c'era ragazzina che potesse resistergli. Lei era a casa da sola, glielo aveva scritto. Era a casa da sola e lo aveva invitato da lei.

«Perché mi sembri un bravo ragazzo», gli aveva scritto in uno dei tanti messaggi. «Uno senza grilli per la testa, amante di Farmville. Se vuoi ci vediamo a casa mia e giochiamo un po' assieme con il computer di mio papà. Lui ha un Mac, ti rendi conto? Devi proprio vederlo».

E così aveva accettato, ma al posto suo si era presentato Lord Zelda, perché il Re voleva assistere dalla sua camera, dal centro nevralgico del suo regno, alla distruzione di Farfallina82. Sniffò ancora colla, aprì una birra e controllò l'ora: ormai erano quasi le sei, altre due ore e la vecchia sarebbe tornata a casa a rompergli nuovamente i coglioni per via del lavoro. Ma doveva fare la fine sua? A spaccarsi la schiena otto ore al giorno facendo pulizie negli uffici? Nemmeno per idea. Che ci pensasse allora lei, a portare a casa i soldi per vivere, visto che ci teneva tanto a quel posto di lavoro.

D'improvviso lo schermo cambiò colore e apparve una scritta: "utente non registrato". La fattoria, la casa coloniale, le vigne, il tappeto di erba inglese, gli animali, lo steccato bianco: era tutto sparito. Ora c'era solo un immenso campo verde. Fece un "refresh" della pagina ma la situazione non cambiò di una virgola, Farfallina82 e la sua fottuta fattoria erano spariti per sempre. Lord Zelda aveva fatto proprio un gran lavoro, visto che dalla lista amici di Facebook, era sparito anche il profilo della ragazza. Anzi, il profilo era sparito dall'intero Facebook. Dissolta, disconnessa, esiliata dalla gloria, dalla visibilità, dall'immortalità che solo quel posto sapeva offrire. Se non sei su Facebook non sei nessuno. Chi cazzo sa che esisti se non hai la tua pagina? Quello era il prezzo che si pagava a mettersi contro a THE_KING.

Il suono del telefonino lo distolse dai suoi pensieri. Il simbolo di D&D apparve nello schermo ed in alto apparve il nome di Lord Zelda. Aveva compiuto la sua missione e l'aveva fatto a modo suo, o meglio, nel modo che tutti e due amavano di più in assoluto. Una preda, un invito a casa, uno stupro e la minaccia di cose ben peggiori nel caso anche di una sola parola. Così si faceva. Quante ragazze avevano conosciuto lui e Lord Zelda? Talmente tante che nemmeno più se le ricordava.

Quante ne avevano stuprate? Sicuramente una buona parte. Però le loro facce erano tutte salvate nella cartella immagini del pc. Salvate, sì, perché dopo ogni incontro, il loro profilo spariva per sempre. Si chiese come mai...

Aprì la cartella e cominciò a scorrere i nomi. Fragolina89, DolceRomantica, Gattina, Solotua, PiccolaKitty, romantica90, topolina88. I nomi e le foto sembravano non finire mai. Portò il cursore sopra all'ultimo volto della lista e cliccò sul tasto destro. Si aprì il menù a tendina e cliccò su rinomina. La parola FOTO sparì e fu sostituita da Farfallina82. Utente non registrato.

***

Che coppia di bastardi. Gente così andrebbe messa in galera e andrebbero buttate le chiavi in una colata di cemento armato. Scusate, ma io non riesco proprio a giustificare questi animali. Ma ora basta con questo marciume e scusate ancora lo sfogo. Voltiamo decisamente pagina e cerchiamo di lasciarci alle spalle tutta questa cattiveria.

Nel prossimo racconto conoscerete Toni, un pensionato residente in un paesino della bassa. Vi racconterà di lui e della sua vita. Vi racconterà dei suoi problemi e vi farà conoscere quella dolcezza che solamente i "veci" riescono a regalare. Un racconto un po' fuori dagli schemi, rispetto a quelli precedenti: buona lettura.

L'ULTIMA ESTRAZIONE

Antonio osserva pensieroso il suo bicchiere di vino mentre un soffio di vento autunnale entra dalla porta aperta della piccola osteria.

«Ho un cancro», dice a mezza voce all'amico che gli sta seduto di fronte.

L'altro impreca sottovoce, prende un fazzoletto di stoffa e quasi con fare colpevole si asciuga una lacrima.

«Non mi importa di morire», dice Toni (in paese lo chiamano tutti così), «quello che mi fa paura è l'ospedale, il dolore. La solitudine. Spero almeno sia una cosa veloce».

«Dove ce l'hai?», gli domanda l'altro senza alzare lo sguardo.

«Stomaco».

Il sole del tramonto pare accendere il suo volto. Sorseggia un altro po' del suo vino.

«Dai, Mario», gli dice, «non fare quella faccia. Ho settantacinque anni e quello che dovevo fare l'ho già fatto. E poi da quando la Pina non c'è più non mi importa molto restare qui».

«Mi dispiace Toni, mi dispiace».

Un ultimo lungo sorso, poi prende il suo bastone e si alza.

«Va bene così», sospira tendendo la mano all'amico. Lentamente si incammina verso casa.

Quella sera Antonio preparò la solita pasta all'olio. Da quando è morta la Pina si cucina sempre quella, un po' per pigrizia, un po' perché la sua pensione che è poco più di cinquecento euro, non gli consente molto altro. Alla vecchia osteria, gestita da un quarto di secolo da Giovanni, ci va due volte la settimana, il mercoledì e il venerdì. A un buon bicchiere di vino e a una briscola con gli ormai pochi anziani del paese rimasti proprio non ci rinuncia. Nel silenzio della cucina ora mangia e pensa. Il cancro, la solitudine, un finale che proprio non si sarebbe mai aspettato e che sente di non meritare. Proprio a lui che non si è mai ammalato in vita sua! Guarda l'ora, quasi le nove, l'ora dell'estrazione del superenalotto. Assieme al calice di vino e alla partitina a carte ecco l'ultimo vizio che Antonio si concede: una schedina da due euro una volta al mese, il giorno in cui ritira la pensione. Accende la televisione, inforca gli occhiali e si prepara con il tagliandino in mano.

Parte l'estrazione. Il primo numero ce l'ha. Anche il secondo. Un fremito impercettibile. Anche il terzo e il quarto sono suoi. Stavolta Antonio sente il cuore accelerare come un cavallo a briglie sciolte. Vengono estratti gli ultimi due numeri: suoi!

Una fredda lampadina da cinquanta watt illumina tristemente la cucina del nuovo milionario d'Italia. Lui rimane in silenzio, seduto, incredulo. Breve pausa pubblicitaria. La trasmissione riprende e i numeri tornano a scorrere in sovraimpressione. La voce dell'annunciatrice parla di un probabile vincitore, forse al nord. Il vecchio Toni lascia andare la testa in avanti, con il mento ad appoggiarsi sul petto. Una pioggia di lacrime, sopite chissà da quanto tempo gli bagna il volto. Poi arriva il singhiozzare, prima sommesso, poi incontrollabile. Alla fine una bestemmia, disperata, con tutto il fiato che gli rimane in corpo. Prende il bastone, si alza in piedi e si sofferma ad osservare quella scarna cucina. Nell'altra mano stringe quindici milioni di euro.

No, a stare in piedi non ce la fa. Torna a sedersi, si prende la testa fra le mani tremanti e lentamente comincia a dondolare, mentre il pianto torna ad aggredirlo. Dopo un tempo indefinito Toni si rialza e si dirige verso il bagno. Lo specchio gli rimanda un volto di vecchio, di rughe, di capelli grigi scompigliati, di barba da fare. Sorride, mentre prende il rasoio e la crema da barba. Si rade come non faceva da tempo, con la precisione di un barbiere, poi sistema i capelli, con pettine e brillantina. Un goccio di dopobarba ed una spruzzata di colonia. Sale in camera da letto, apre l'armadio e ne estrae una gruccia con un completo, il più bello che ha. Adesso Antonio vede una persona diversa, in giacca e cravatta, profumata, con la barba fatta e i capelli in ordine, come ogni uomo che si rispetti.

Scende nuovamente in cucina. Sente le sue labbra aprirsi in un lieve sorriso. La sua mano, ora fermissima, senza esitazione apre le quattro manopole del gas. Con passo lento ma deciso sale le scale fino in camera, appoggia il bastone e si sdraia sul letto. Controlla la tasca interna della giacca, si, la schedina è ancora li.

«Arrivo Pina...», mormora fra sé quasi in una preghiera.

Un dolce sorriso ora dipinge il suo volto mentre il primo odore di gas comincia a diffondersi nell'aria.

***

Che dire? Avreste fatto la stessa cosa? Io non lo so, ma probabilmente sì. Un atto romantico contro un destino crudele fino alla fine. Spero solamente che Toni adesso sia assieme alla sua amata Pina. Me lo auguro di tutto cuore.

Noi intanto siamo arrivati alla fine di questo viaggio: abbiamo visitato assieme mondi profondamente diversi fra loro e abbiamo conosciuto gente di tutti i tipi: poveri diavoli, assassini, mafiosi, stupratori, serial killer, brava gente.

Un caleidoscopio di umanità in tutte le sue infinite sfaccettature. Vi siete affezionati a qualcuno di loro? Odiate qualcuno di Loro? Bene, allora siete umani!

Vorrei salutare Folco, ovunque si trovi in questo momento. Vorrei denunciare Mario Erle e tutti i suoi schifosi compagni. Vorrei vedere in galera Lord Zelda e The_King. Vorrei abbracciare l'uomo senza nome che dopo aver perso il figlio decide di farsi giustizia. Voglio immaginare Valentina la Zoppa finalmente felice assieme a Re Manolo. Quanti altri ce ne sono? Il vecchio Plinio, rappresentante dei "veci" per bene di una volta. Valentina, neo patentata padovana, vittima delle buffe beffe del fato. Gaia, che nella sfortuna di prendere un treno sbagliato, ne è comunque venuta fuori. E poi ci sono "i Mosoles" al gran completo, rappresentanti di un Veneto che si è fatto da solo, ma che forse non ci sarebbe mai riuscito senza i tanti Romeo Lazzarato che ci sono in ogni singolo paesello. Dal più piccolo e disperso al più grande ed affollato.

Insomma, pensate a tutta questa gente e affezionatevi o odiate chi volete. Se farete questo, qualcosa di loro rimarrà in voi.

Un saluto a tutti e ci vediamo nel prossimo viaggio, con nuovi volti e nuovi racconti.

Buona vita.

Carlo Callegari

BONUS TRACK 2021: "GLI SPIACCICATI" (*LOS ESPIACHICADOS*)

«Adesso basta!» urlò Ramon, capo e sovrano riconosciuto della colonia.

«*Como es* la conta delle vittime di oggi?» chiese a uno dei suoi consiglieri con un marcato accento messicano.

«Le prime stime parlano di almeno 400 morti, *sior* Ramon» rispose il consigliere con uno spiccato accento veneto orientato verso il veneziano. «*Sensa contar* quelli che risultano ancora dispersi».

«*No se puede.* Così *no se puede* andare avanti. Ogni giorno che passa muoiono sempre più fratelli. Senza *contar* che andiamo in contro alla bella stagione. *Necesitamo* di fare qualcosa, e subito».

«Per fortuna che le nascite bilanciano le morti, almeno per il momento» disse un'altro consigliere.

«Questa non es una consolazione, diamine. Io dico, bisogna fare qualcosa e subito», tornò ad incalzare Ramon.

«Consigliere Menego, *como* facciamo ad avere una *cuenta exacta* dei morti da inizio anno?»

«*Ghe vol pasiensa, sior Ramon.* Il contabile è morto la settimana scorsa. È andato in missione per vedere di persona la *situasion* e non ha più fatto rientro. Adesso c'è Bepin che lo sostituisce, ma deve prendere in man tutte le carte».

«E gli altri? Como sono messi gli altri *pueblos*?» torno a chiedere ai suoi consiglieri.

Il consigliere Crea scartabellò un po' e poi rispose. «Più o meno come noi, *sior* Ramon. Non abbiamo numeri esatti. Forse qualcosa di meno, ma a grandi linee siamo li» rispose serio.

«E allora faremo un alleanza anche con tutti gli altri. Como noi, io credo che tutti vogliano fare giustizia. Questo massacro gratuito deve finire. Bepin, prendi della carta. *Te voy a dectar una carta* che porterai a tutti».

«Sì *sior* Ramon» rispose Bepin.

Con movimenti quasi solenni venne depositato sul tavolo un pezzettino di fazzoletto Tempo che con molta fatica era stato portato in colonia solamente una settimana prima. Quella era merce preziosa e quando veniva trovata durante le perlustrazioni andava fatto l'impossibile per recapitarla ai consiglieri.

«Dunque scrivi, Bepin. Io sottoscritto Ramon y Sanchez y Mendez y Pereira y Gomez…».

«Credo si sia aggiunto un paio di cognomi anche questa volta» disse sottovoce un consigliere all'altro.

«*Ghe par de* essere più importante» commentò il secondo, sempre sotto voce.

«…y De la Fuente, sovrano acclamato *de la colonia* del chilometro 47 de la grande striscia nera chiamata dagli umani strada Romea, chiedo una tregua fra *pueblos* e una conseguente alleanza. Noi moscerini siamo stanchi *de subir* morti gratuite ogni *dia*. Così *como* credo anche voi vespe, voi api, voi libellule e *todos* gli animali *que* volano. La mia intenzione *es* quella di dare una *dimostracion* agli umani, anzi una sonora lezione. *Nosotros*, tutti assieme fermeremo *el mas peligroso* de tutti i mezzi. Quello con diciotto *ruedas*. E non ne fermeremo uno a caso, no. Noi ne fermeremo uno *particolur*. Manderemo fuori dalla striscia nera un diciotto *ruedas* pieno *de* uva. E *alora* io *ve* prometto che poi sarà una grande *fiesta* per tutti. Uva per tutti, musica e balli fino a mattino!».

«*Se gà brusà al sarveo…*» disse di nuovo sottovoce il Consigliere Crea al consigliere Scalcon. «*È un suicidio*» aggiunse in fine.

«*El gà* grandi idee» rispose sottovoce Scalcon «*ma ti ga rason*. Credo che moriremo tutti».

«E per questo grandioso assalto» continuò Ramon, ormai lanciato nel discorso del re, «per questo assalto voglio *interpelar* anche i quattro zampe pelosi, *los gatos*, e quelli più bassi sempre grandi ma con la coda lunga.

Ora non ricordo *el nombre*».

«Nutrie, *sior* Ramon» disse Bepin continuando a scrivere.

«*Nutrias*» disse Ramon. «*Animal* stupido ma grande» aggiunse. «Quindi, *pueblos*, questa è la mia richiesta. Ramon vuole una risposta entro tre lune, perché alla decima scatterà *la acciòn*. Noi, tutti assieme, por la *revolucion des los espiachicados*. Gli spiaccicati. Firmato Ramon y Sanchez y Mendez y…»

«*Ben* così, grazie *sior* Ramon. Gli altri cognomi me li ricordo." lo interruppe Bepin ormai stremato a forza di scrivere.

«E adesso» disse il loro sovrano lasciandosi cadere esausto sul trono ricavato ripiegando laboriosamente un coriandolo, «e adesso andate e recapitate *el mensaje* a tutti. Ramon deve dormire. Ramon ha parlato».

Un attimo dopo il Re russava sonoramente con la bocca spalancata.

Ramon era arrivato nella colonia tempo prima e ne aveva raddrizzato le sorti. Figlio di due moscerini messicani arrivati in porto a Mestre con un cargo battente bandiera Panamense, dopo un lungo vagabondare in laguna, era alla fine approdato in strada Romea al chilometro 47. Con le sue storie di vita vissuta, il suo carisma e le sue doti imprenditoriali, la colonia ci aveva messo poco ad acclamarlo come Leader Maximo. Lo seguiva ciecamente ed era disposta a perdonargli tutte le sue stravaganze.

Si vociferava che facesse feste incredibili nella sua residenza privata, piene di moscerine giovani e disposte a tutto pur di passare una notte con lui. Era pure un abile cantante nonché persona di spiccata simpatia. Con lui al comando, la colonia sembrava rivivere una seconda giovinezza.

La folle impresa in cui aveva intenzione di lanciarsi era talmente ambiziosa e affascinante che riuscì a contagiare anche tutti gli altri popoli. Allo scadere della terza luna ci fu una assemblea generale con esponenti di vespe, api, calabroni e chi più ne ha più ne metta. Ai gatti e alle nutrie venne tutto raccontato dopo, dato che per problemi logistici legati agli spazi non riuscirono a prendere parte alla riunione.

Dunque tutti d'accordo. La decisione era presa. La rivoluzione degli spiaccicati stava diventando realtà. Il piano d'azione fu messo a punto all'unanimità. Visto che un muro di insetti e gatti sarebbe stato trapassato agevolmente dal diciotto ruote, venne optato per una manovra di pericolosità e intelligenza estrema. Sarebbero penetrati nella cabina attraverso le prese d'aria e le fessure dei finestrini, se ce ne fosse stata la possibilità. Una volta dentro avrebbero aggredito l'umano costringendolo a uscire dalla striscia nera. I gatti e le nutrie avrebbe rallentato il mezzo piazzandosi lungo tutta la striscia. Fatto quello sarebbe cominciata la *fiesta* e la vendetta si sarebbe finalmente consumata. Ci sarebbero state parecchie vittime, ne erano consapevoli, ma si concordò che quella era un'azione necessaria.

Così, allo scadere della decima luna, a una ventina di metri dal bordo della Romea e nascosti in un canneto, si radunarono tutti gli eserciti. Una nuvola nera enorme era pronta ad entrare in azione. Gatti e nutrie erano già pronti all'invasione dalla parte opposta. Per aspettare il diciotto ruote giusto, quello dell'uva, erano state messe delle lucciole di vedetta centinaia di metri i prima. Il loro luccichio sarebbe stato il segnale che avrebbe dato inizio al grandioso piano di Ramon.

Quando finalmente si illuminarono, dopo ore passate ad attendere nella buia note, ci fu un moto di gioia generale. I fari del mostro si fecero sempre più grandi attraverso l'oscurità. La terra cominciò a tremare e il rombo del motore a farsi sempre più assordante.

«*Gatos, Nutrias!*» urlò Ramon. «Tocca a voi. *Dios ve* abbia *en* gloria!»

La risposta fu un miagolio e uno squittire impressionanti. Poi decine di gatti e nutrie invasero la strada.

«*Pueblo* volante. Pronti a *entrar en acciòn*» disse ancora Ramon con la voce rotta dall'entusiamo. «*Victoria, o muerte*!».

Quando l'autista del mezzo illuminò con i potenti fari i felini e le nutrie sulla strada viaggiava quasi a ottanta all'ora. Lo stupore di vedere quell'esercito schierato, lo portò a frenare bruscamente. Il camion cominciò a sbandare, le ruote bloccate a fumare. Impossibile arrestare quel mostro di ferro prima dei rivoluzionari. Il camion cominciò a passarci attraverso fra terribili e sinistri scossoni.

Lo spettacolo, visto dal popolo volante, fu sconcertante. Nonostante tutto Ramon, con un brandello d'erba a simulare una spada e un frammento di polline a scimmiottare un elmetto, trovo la forza di urlare: «Avanti *pueblos*! Avanti spiaccicati!».

In un attimo l'enorme nuvola arrivò davanti all'imponente camion che ormai procedeva sempre più lentamente. Ramon fu il primo ad arrivarci contro, poi seguirono tutti gli altri.

Il lunotto del diciotto ruote si riempì di puntini neri senza forma, intervallati da esplosioni ben più consistenti di poltiglia gialla ed informe. Alla fine, in quel macello, un paio di api riuscirono a passare fra gli stretti condotti dell'aria e ad entrare in cabina. Il conducente, preso dalla paura aprì il finestrino per riuscire a liberarsi di quei due pericolosi insetti. Quello fu il suo più grande errore.

Una nuvola di moscerini, vespe, libellule invase allora l'abitacolo. La situazione precipitò velocemente, l'uomo lasciò il volante ed il camion che, dopo aver oltrepassato il ciglio della strada, si rovesciò di lato per fermarsi una decina di metri più in la fra le alte sterpaglie. L'autista vivo ma privo di sensi rimase all'interno, dove venne ritrovato solamente la mattina seguente.

A ogni modo, dopo lo schianto, seguì un silenzio inquietante. Tutti si fermarono a osservare quell'ammasso di ferro portatore di morte. Finalmente era stato sconfitto. Sul frontale dell'enorme mostro un cimitero di spiaccicati. Centinaia, o forse addirittura migliaia. Molti nemmeno della colonia, ma investiti chissà quanti chilometri prima.

Fra di loro, incastrato nel radiatore anche Ramon. Si muoveva a stento. Tutti i capi, l'ape regina, il rappresentante delle vespe, quello delle libellule, il Consigliere Bepin commosso, insomma tutti proprio tutti, gatti e nutrie comprese, si radunarono al suo cospetto.

Ramon tremava, le ali spezzate e mezzo corpo fuso nel ferro. Trovo comunque la forza di parlare.

«*Pueblos*» disse, «abbiamo vinto la nostra *revolucion*. Noi, *todos unidos*, abbiamo dimostrato al mondo intero che ce la possiamo fare. Noi, gli spiaccicati, gli invisibili, abbiamo vinto». Venne scosso da un tremito. «Adesso fate *fiesta*. Mangiate uva in onor de Ramon, ballate fino a mattina e *divertiteve*».

Bepin e gli altri consiglieri gli si fecero attorno.

«*Sior* Ramon» disse Bepin, «lei sarà per sempre il nostro condottiero. Racconteremo di questa impresa a tutto il popolo della Romea. Sapranno le sue gesta da Porto Marghera, fino a Sottomarina, a Rosolina e giù fino a Ravenna».

«Bravi" rispose Ramon. «Ma *no es* le mie gesta. *Es* le gesta de *todos*. Lunga vita a *los espiachicados*!».

«Lunga vita a *los espiachicados*!» fu il boato di risposta di tutti gli insetti. E dopo quel boato Ramon morì serenamente.

«*Hasta siempre, comandante*» disse Bepin piangendo.

I festeggiamenti in onore di Ramon continuarono fino a mattina. Ancora oggi, a distanza di molti anni, non c'è un moscerino, un insetto, un gatto o una nutria in tutta la strada Romea, da Porto Marghera a Ravenna, che non conosca le gesta dell'eroico Ramon.

Morto per la causa comune.

Morto per una idea.

CARLO CALLEGARI

Carlo Callegari, nato a Padova nel 1972, ha da sempre la passione per la scrittura e la musica. Folgorato dagli scritti di Lansdale, Carlotto, Ammaniti e Gischler, inizia a diversificare il suo stile avvicinandosi ai generi noir e pulp. Dal 2009 scrive racconti brevi per il movimento letterario Sugarpulp.

Esordisce con *Che Dio ti aiuti, Bambola!* (LA CASE Books, 2011), romanzo che diventa un caso digitale tanto da essere acquistato da Fanucci che lo pubblica in formato cartaceo nel 2013 con il titolo de *La Banda dei Tre.* Sempre con Fanucci ha pubblicato anche gli altri due romanzi del ciclo della banda, *Il ritorno dei tre* e *Vacanze a Cortina. La banda dei tre.*

Nel 2013 insieme a Francesco Maria Dominedò pubblica, ancora per LA CASE Books, *#porvenir #selfie #cuoremio*, il primo romanzo italiano che contiene un hashtag nel titolo. Nel 2021 torna in libreria con *La Ling Gao Gang*, pubblicato da LINEA edizioni.

A marzo 2021 esce su SKY *La banda dei tre*, il film di Francesco Maria Dominedò con Marco Bocci, Francesco Pannofino, Carlo Buccirosso e Ivan Flanek tratto dal romanzo d'esordio di Callegari che, a tempo perso, ama suonare il pianoforte accompagnandosi con un buon sigaro.

LA CASE BOOKS

LA CASE Books è un progetto editoriale nato nel 2010 da un'idea di Jacopo Pezzan e Giacomo Brunoro. Agli inizi del 2010 Pezzan, che vive a Los Angeles, capisce che quella dell'editoria digitale non è una semplice scommessa sul futuro ma una realtà concreta. Così quando in Italia non era ancora possibile acquistare ebook su iTunes, e Kindle Store era attivo soltanto negli USA, LA CASE Books inizia a pubblicare ebook e audiolibri in italiano e in inglese sul mercato mondiale.

Nel 2020, per celebrare i primi dieci anni di attività della casa editrice, iniziano anche le pubblicazioni in formato cartaceo. Oggi LA CASE Books ha un catalogo di più di 600 titoli tra libri cartacei, ebook e audiolibri in inglese, italiano, tedesco, francese, spagnolo, russo e polacco, ed è presente nei più importanti digital store internazionali.

www.lacasebooks.com

SANT'ANTONIO PULP
Carlo Callegari
ISBN 978-1-953546-66-1

2021 - 1a Edizione Cartacea
2013 - 1a Edizione Digitale
LA CASE Books
PO BOX 931416, Los Angeles, CA, 90093
info@lacasebooks.com || www.lacasebooks.com

www.ingramcontent.com/pod-product-compliance
Lightning Source LLC
LaVergne TN
LVHW030912080826
845145LV00010B/2867

* 9 7 8 1 9 5 3 5 4 6 6 6 1 *